지나간다
다 지나간다 2

지나간다
다 지나간다 2
살다보면 다 살아진다

유 지 나 지음

흔들의자

**누군가의 따뜻한 위로와 용기가
절실히 필요할 때 함께 하겠습니다**

삶은 가끔 내 의지와 상관없이
바람이 불기도 하고

인생은 때론 내 바람과 상관없이
비가 내리기도 합니다.

세상일이라는 게 예상할 수 없기에
길을 걷다 갑자기 눈을 맞기도 하고
예측할 수 없기에
뜻하지 않게 넘어지기도 하지요.

삶은 욕심을 채우기보다
비워내야 편안한 것 같고
인생은 집착하며 애쓰는 것보다
느슨하게 풀어놓고 살아야
즐거운 것 같습니다.

살아가다
길을 잃을 때나
고단한 마음 편히 쉬고 싶을 때나
누군가의 따뜻한 위로와 용기가
절실히 필요할 때 함께 하겠습니다.

제 글을 통해 나쁜 상황들을 적절하게 잘 대응하고
안 좋은 일들을 지혜롭게 잘 대처할 수 있기를 바래봅니다.

지치고 힘든 마음이
평안을 찾아 행복해졌으면 좋겠습니다.

'지나간다 다 지나간다 1'을 뜨겁게 사랑해주신
모든 분들께 깊은 감사드리며
이 책 속에 행운 듬뿍 담아 보내드립니다.

유지나

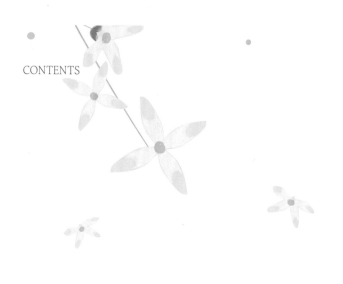

CONTENTS

살아진다 1

최고의 날들은
아직 살지 않은 날들이다

가시

타인의 단점을 잘 발견하는
예리한 눈을 가진 당신은
눈 안에 가시가 있기 때문이다

타인의 험담을 잘 늘어놓는
가벼운 입을 가진 당신은
입안에 독을 품고 있기 때문이다

타인의 잘못을 잘 꾸짖는
민감한 성격을 가진 당신은
머리에 악함이 들어있기 때문이다

타인을 미워하고 원망하는
나쁜 생각을 가진 당신은
마음에 도량이 부족하기 때문이다

당신 주위에 사람이 없다는 것은
당신에게 가시가 너무 많기 때문이다

가시는 나와 타인을 찌른다
가끔 자기 자신을 냉정하게 판단해 보라

감내

예쁜 꽃을 보려면
때맞추어 물을 주고

따뜻한 햇볕을 쪼여주고
정성을 들여 돌봐주어야 합니다

무언가를 얻으려면
그 만한 수고를 감내할 수 있어야 하죠

좋은 것 안에 나쁜 것도 있고
편안 것 속엔 불편한 것도 있습니다

삶도 늘 평화로울 수만은 없지요
어떤 삶이든 좋은 때와 나쁜 때가 있습니다

나쁜 일도 참아낼 수 있어야
좋은 일과 만날 수 있게 되지요

모든 일에 집착을 버리고
평정심을 유지하는 것이
중요합니다

감사하기

thank you

감사할 조건이 없거든

오늘 하루
내가 살아 있음에 감사하자

오늘 내가 숨쉴 수 있는 공기가 있고
마실 물이 있음에 감사하자

오늘 내가 해야 할 일이 있고
돌아갈 집이 있음을 감사하자

오늘 눈 감고 잘 수 있고
내일 일어나 아침을 맞게 됨을 감사하자

그저 아무 일 없이
하루를 살아갈 수 있음에 감사하자

매일 감사로 살아가자

감정

관계를
오래도록 이어주는 것은

좋을 때 보다
나쁠 때 어떻게 대처하느냐에 달려있지요

사람을 만나다 보면
늘 좋을 수만은 없는데

싸우고 다툴 때 쌓인 나쁜 감정들을
잘 풀어주지 않으면

차곡차곡 쌓이게 되고
결국 이별을 향해 걸어가게 되지요

사람은 감정의 동물이라서
작은 감정들에 많이 민감합니다

나쁜 감정들을
그때그때 풀어주는 것이 중요합니다

강해져라

아무리 힘든 삶이라도
내가 꿋꿋하게 이겨내면
물러가게 된다

나약하니까 시련에 쓰러지고

연약하니까 역경에 무너지게 되는 것이다

강해져라
운명이 당신을 끌고 가지 못하도록

용감해져라
고난이 밀려와
당신을 휩쓸고 가지 못하도록

결과

결과가 좋다면
힘든 과정쯤이야 뭐가 대수겠어요

힘든 일을 겪고 있다면
지금 좋은 결과를 향해 가고 있다 생각하고
웃으며 가볍게 넘기세요

늘 결과에 초점을 맞추며 살아가면
어떤 일이든 거뜬히 이겨낼 수 있을 거예요

과정을 즐길 줄 알면
성공을 좀 더 쉽게 만날 수 있을 거예요

당신의 인생을 응원합니다

겸손 1

꽃이 예쁜 건
잘난 체하지 않기 때문입니다

나무가 멋진 건
거만하지 않기 때문입니다

별이 아름다운 건
자랑하지 않기 때문입니다

구름이 근사한 건
겸손히 내려놓을 줄 알기 때문입니다

겸손은 낮아질수록
더 돋보이고 더 높아지게 됩니다

겸손 2

당신이 아무리 못 나도
당신 아래에 사람은 있습니다

항상 웃고 사세요

당신이 아무리 잘 나도
당신 위에 사람은 있습니다

항상 겸손하세요

너무 높지도 너무 낮지도 마세요

꽃처럼 어여쁘게
나무처럼 푸르게 살아가세요

겸손하기

배운 게 많다고
의스되지 말아야 한다

아는 게 많아도
나서지 말아야 한다

잘난 게 많다고
거만하지 말아야 한다

가진 게 많아도
자랑하지 말아야 한다

우월하다고
무시하지 말아야 한다

사람은 늘 겸손해야 한다
잘남도 못남도
종이 한 장 차이다

앞에선 들어주지만
뒤에선 험담하는 게
사람 마음이다

고결한 사람

오래될수록
낡고 쓸모없는 고물이 되지 말고

늙어 갈수록
가치가 더해가는 보석이 되세요

한 살 한 살
나이를 먹어 갈수록

잘 여문 이삭처럼
잘 익은 과일처럼

삶의 깊이가 더해가고
인생의 향기가 짙어가세요

누군가 당신을 보고
무언가를 배우고

어떤 것을 깨달을 수 있는
고결한 사람이 되세요

그대!
늙어가지 말고 익어가세요

고래

당신이 노를 젓지 않으면

아무리 좋은 배가 있든
아무리 멋진 바다가 앞에 있든
그건 무용지물이다

생각만 하지 말고 움직여라
그래야 너른 바다를 항해 해
큰 고래를 잡아 올릴 수 있다

인생은 내가 걸어가야 길이 되고
열어가야 펼쳐진다

고운 사람이고 싶다

잘난 사람이기 보다
슬퍼하는 누군가를 위로해 주는
따뜻한 사람이고 싶다

멋진 사람이기 보다
넘어진 누군가의 손을 잡아주는
고마운 사람이고 싶다

대단한 사람이기 보다
힘들어 하는 누군가에게 용기를 주는
좋은 사람이고 싶다

훌륭한 사람이기 보다
아파하는 누군가를 안아주는
고운 사람이고 싶다

근사한 사람이기 보다
누군가의 좋은 친구이고 싶고

똑똑한 사람이기 보다
누군가의 고마운 사람으로 살고 싶다

누군가의 마음속에 행복을 전해주는
향기로운 꽃이고 싶다

곡선

인생은 직선이 아닌
곡선입니다

빨리 가겠다고
직선만 고집하다 보면
웅덩이에 빠지고 맙니다

천천히 가도 도착지는 같습니다

서둘러 간다고 빨리 갈 수도 없습니다

곡선에 다다를 때마다
한숨씩 쉬어 가며

쉬엄쉬엄 걸어가요 우리

곱게 물들어가요

우리 늙어가지 말고
고운 빛깔로 물들어가요

아픔의 흔적은 빨간빛으로

슬픔의 흔적은 노랑빛으로

고통의 흔적은 주황빛으로

상처의 흔적은 갈색빛으로

힘듦의 흔적은 보랏빛으로

예쁜 꽃처럼 향기롭게
고운 단풍처럼 아름답게 물들어가요

과정

마음먹은 대로
일이 풀리지 않을 때

바라던 일이
내 뜻대로 되지 않았을 때

좌절감을 맛보기 전에
먼저 생각하자

이건
과정일 뿐이다

꽃도 줄기부터 뻗잖아
예쁜 꽃이 곧 피어날 거야

관계 1

관계는 퍼즐 조각처럼
하나씩 맞춰가야 하는 것입니다

좋은 관계는
쉽고 어설프게 만들어지는 것이 아닙니다

맞지 않는 부분은 양보로 맞춰가야 하고
틀린 부분은 이해로 맞춰줘야 합니다

부족한 부분은 사랑으로 덮어가야 하고
다른 부분은 배려로 채워가야 하는 것입니다

딱 맞는 사람을 찾지만
그런 사람은 없습니다

좋은 인연은 하늘이 주는 게 아니라
서로의 노력의 결과로 만들게 됩니다

관계 2

우리는 아는 사람이 되기 전엔
모르는 사람이었고

친한 사이가 되기 전엔
남이였습니다

처음부터 아는 사람, 절친이란 없는 것입니다

모르는 사람도
관심과 정성을 쏟으면 아는 사람이 되고

아는 사람도 무관심하고 소홀해지면
모르는 사람처럼 살아가게 됩니다

관계는 서로의 노력이 필요합니다

쉽게 인연을 맺고
금방 인연을 끊는 가벼운 사람보다

조금 늦게 마음을 열더라도
오래도록 함께하는 사람이 좋은 것 같습니다

인연은 시작이 중요한 게 아니라
유지하는 게 더 중요한 것 같습니다

그 사람 1

외모로...˚
그 사람을 판단하면
실수할 일이 많고,

말로...˚
그 사람을 평가하면
후회할 일이 많고,

눈으로..˚
그 사람을 바라보면
착각할 일이 많고

느낌으로...˚
그 사람을 넘겨짚으면
반성할 일이 많고,

행동으로...˚
그 사람을 단정 지으면
오해할 일이 많아집니다

마음과 마음으로 바라보세요.

한 사람을 제대로 알기까지는
평생이 걸려도 부족합니다

그 사람 2

그 사람이 곁에 있을 땐 존중해 주고
곁에 없을 땐 칭찬을 해주어라

어떤 사람의 실수를 보거든 눈감아주고
도움을 필요로 할 땐 진심으로 도와라

누군가의 상처를 보았을 땐
따뜻하게 감싸주고

서운한 감정이 있더라도
쉽게 잊어버려라

받으려 하기보다 주는 것을 기뻐하고
상대방이 잘 못을 하거든 빨리 용서하라

의지하기보다 의지되는 사람이 되고
피해 주기 보다 도움 주는 사람이 되고

함부로 나서지 말고
항상 겸손하라

베푼 것은 기억하지 말고
받은 은혜는 잊지마라

그 사람 3

그 사람과
가까워지고 싶으면

그 사람의 좋은 점을 발견하고

그 사람과
멀어지고 싶으면

그 사람의 나쁜 점을 찾아내세요

누구에게나
좋은 점과 나쁜 점이 있기 마련입니다

보는 사람의 시각에 따라
다르게 보이고
틀리게 느껴지는 것입니다

그 안에

고운 마음으로 세상을 보면
그 안에 향기가 느껴집니다

따뜻한 마음으로 세상을 보면
그 안에 기쁨이 보여집니다

선한 마음으로 세상을 보면
그 안에 사랑이 충만합니다

겸손한 마음으로 세상을 보면
그 안에 감사가 넘쳐납니다

예쁜 마음으로 세상을 보면
그 안에 아름다움이 있습니다

즐거운 마음으로 세상을 보면
그 안에 행복이 가득합니다

세상은 내가
보고 싶어 하는 대로 보이고
느끼고 싶어 하는 대로 느껴집니다

그대여

아름다운 것은
흔들리며 피어나나니
그대여
오늘도 마음껏 흔들려라

향기로운 것은
고통 속에 짙어지나니
그대여
오늘도 꿋꿋이 견뎌라

살아 있는 것은
아파하며 자라나나니
그대여
오늘도 기꺼이 아파하라

인생은
역경 속에 익어가나니
그대여
오늘도 겸손히 살아가라

그래도 돼요

울고 싶으면
울어도 돼요

하기 싫으면
안 해도 돼요

참기 어려우면
참지 않아도 돼요

너무 힘들면
잠시 쉬어가도 돼요

그래도 돼요

참고 견뎌내는 게
쌓이다 보면

내 몸 어딘가에선
곪아 터질지도 몰라요

그저 행복하렴

바람이 말합니다

너무 무거우면 나에게 실어 주렴
내가 다 쓸어갈 테니 넌 늘 웃으렴

비가 말합니다

너무 아프면 나에게 흘려보내렴
내가 다 씻어줄 테니 넌 늘 편안하렴

별이 말합니다

너무 힘들면 나에게 걸어두렴
내가 다 해결할 테니 넌 늘 즐거우렴

시간이 말합니다

너무 어려우면 나에게 맡겨주렴
내가 모두 가져갈 테니
넌 그냥 행복하기만 하렴

긍정적인

운이 좋다고 믿는 사람은
좋은 운이 따라 다닌다

그 믿음이
좋은 운을 끌어당기기 때문이다

긍정적인 사람은
부정적인 사람보다 일이 잘 풀린다

마음이 느긋하고
성격이 낙관적이면

좋은 일들을 불러오게 되기 때문이다

잘 되는 사람들은
생각이 깨어 있는 사람이다

삶의 다양성을 추구하고
좋은 기회를 찾아다니며

모든 도전을 긍정적으로 바라본다

기도

눈이 따스하여
세상을 곱게 바라보게 하소서

귀가 온화하여
타인의 말을 부드럽게 듣게 하소서

입이 향기로워
만나는 사람마다 나눠주게 하소서

손이 선하여
누군가의 감사가 되게 하소서

마음이 온유하여
아픈 이의 위로가 되게 하소서

생각이 맑아
모두를 깨끗이 닦아주게 하소서

영혼이 밝아
온 세상을 환하게 비추게 하소서

기분 좋아질 거야

아픈 일과 고통스러운 일은
바람에게 줘 버리기

슬픈 일과 힘든 일은
비에게 씻어 버리기

화나는 일과 속상한 일은
구름에 실어 보내기

근심과 걱정은
바다에 던져버리기

마음대로 할 수 없는 일
내 뜻대로 안 되는 일은
하늘의 뜻에 맡겨버리기

모든 일이 잘 될 거라는
믿음과 희망을 가져보기

그러면 기분 좋아질 거야

꽃 1

꽃이 말합니다

난
꽃 피우느라
힘들었는데

넌
공짜로 봐서
좋겠다

힘들어도
꽃처럼
활짝 웃고 살아

너란 꽃도
곧 피어날 테니

꽃 2

꽃다운
청춘은 잠깐이지만

꽃 같은
인생은 평생 살아갈 수 있습니다

내가 꽃이라면
어딜 가나 꽃향기가 나지요

행복한 사람은
늙지 않습니다

마음이 예쁜 사람은
나이를 먹지 않지요

고운 당신
늘 청춘으로 살아가세요
평생 꽃으로 살아가세요

꽃 3

꽃마다 피는
계절이 다릅니다

아직 당신의
꽃이 피어나지 않는 것은
당신의 계절이 아니기 때문입니다

지금 당신의 꽃은
꽃대를 올리고 있는 중이고
피어날 시기를 기다리고 있는 중입니다

지금 당신을 향해 한발 한발
걸어오고 있는 중이니까

왜 피어나지 않느냐 투정부리지 말고
묵묵히 당신의 계절을 기다리세요

당신의 꽃도
언젠가는
활짝 피어나게 될 테니까요

삶이 꽃향기로
그윽하게 될 테니까요

꽃길

당신이 가는 길을
하늘이 돕고
땅이 보살펴 주기를...

당신이 하는 일을
바람이 돕고
햇살이 힘을 주기를...

당신의 삶을
공기가 돕고
신이 축복해 주기를...

모든 것이 조화롭고
모든 일이 순조롭기를...

당신의 모든 것이
기쁨이 되고 감사가 되기를...

당신의 삶이 꽃길이 되기를
모든 것이 꽃향기로 가득하기를...

당신의 인생이 항상 밝게 웃기를...
모든 일이 잘 되고 늘 행복하기를...

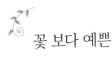

꽃 보다 예쁜

사람이 꽃보다 예뻐 보일 때가 있습니다

눈빛이 곱고 마음이 예쁠 때
나는 그에게서 꽃을 봅니다

생각이 착하고 영혼이 맑을 때
나는 그에게서 꽃을 느낍니다

하는 말이 따뜻하여 사람을 포근히 안아주고
하는 행동이 선하여 사람을 행복하게 만드는 사람

나는 그에게서
고운 꽃향기를 맡습니다

그런 사람을 만날 때면
마음이 따뜻해지고 생각이 순해집니다

사람이 꽃 보다 예쁘다는 걸
나는 그를 보고 알았습니다

꽃 보다 예쁜 사람이 많았으면 좋겠습니다
이 세상이 온통 꽃향기로 가득했으면 좋겠습니다

꽃피우는 중

힘들다고 너무 괴로워하지 마렴
모든 것은 사라지니까

어렵다고 너무 걱정하지 마렴
바람은 오래 머물러 있지 않으니까

안된다고 너무 속상해 하거나
어렵다고 너무 낙심하지 마렴
햇살은 한 사람만 비춰주지 않으니까

아프다고 너무 눈물짓거나
실패했다고 너무 절망하지 마렴
신은 한쪽 편만 들지 않으니까

때가 되면 너에게도 좋은 날이 찾아올 거야

잠시 아프고 잠시 힘들 뿐이야
그러니 너무 흔들리거나 약해지지 마렴
지금 넌 꽃피우고 있는 중이니까

꽃과 별

착한 일을 하나씩 할 때마다
마음속에
예쁜 꽃이 피어나게 된다

좋은 일을 한 번씩 할 때마다
가슴속에 고운별이 떠오른다

그래서 그런가!

착한 사람은 곁에 있으면
꽃향기가 나고

좋은 사람은 함께 있으면
반짝반짝 빛이 난다

꿈 1

꿈은 크지 않아도 괜찮아요
작아도 멋진 꿈은 많으니까요

꿈의 크기보다 중요한 게
꿈을 이루어내는 노력이고
꿈을 품고 사는 마음이지요

꿈이 있으면 설레게 되고
행복한 감정이 생겨나잖아요

그래서 살아가는데
힘이 나고 즐거워지잖아요

설령 꿈이 이루어지지 않더라도
꿈이 가져다주는 기쁨이 많습니다
그것만으로도 감사한 일입니다

꿈이 있는 한 늙지 않을 거예요
그 꿈이 당신의 심장을
뛰게 할 테니까요

꿈 2

한 사람의 꿈이
세상을 바꿉니다.

작은 꿈이든 큰 꿈이든
꿈이 있다는 건 행복한 일입니다

한 사람의 노력과 성취로
이룬 꿈은 타인에게
좋은 영향력을 끼치게 됩니다

우리가 편리하게
살고 있는 것도
다 누군가의 꿈이
실현된 덕분입니다

당신도 할 수 있습니다
꿈을 꾸고 노력해 보세요

살아가는데 꿈과 희망의
등불하나 켜놓으면
삶이 밝고 환해지잖아요

살아진다 2

아무리 어두운 길이라도
나 이전에 누군가는 이 길을 지나갔다

나 다스리기

화를 내는 것은
내 뜻대로 안 되는 일들 때문이다

힘들어 한다는 것은
내 욕심이 채워지지 않기 때문이다

실망 한다는 것은
내 기대가 너무 컸기 때문이다

삶이 무겁다는 것은
내 집착이 너무 많기 때문이다

모든 걸 내려놓고 비워내라
가벼워지는 만큼 번뇌가 없어진다

나무

넌 어차피
멋지고 근사한 나무가 될 텐데

바람 좀 분다고
뭘 걱정하니

비 좀 맞는다고
뭘 아파하니

그러면서 자라나는 거지 뭐

밖이 요란할수록
마음의 뿌리를 더 깊이 뻗으렴

언젠간
훌쩍 자라난 너를 보게 될 거야

나침반

인생의
나침판 바늘은

자신의
생각대로 움직이고

자신의
의식대로 움직입니다

바늘이
좋은 방향을
잘 잡을 수 있게

좋은 생각과
좋은 마인드를 가지세요

낮은 행복

높이 올라가면
행복이 잘 보일 것 같지만
정상에서 아래를 내려다보면
작아서 잘 안 보이듯 행복이 보이지 않게 됩니다

높이 올라가면
행복이 하늘과 가까워질 것 같지만
높은데서 봐도
하늘은 여전히 같은 높이에 있듯
행복의 조건 또한 높아지게 됩니다

높이 오르려 애쓰지 말아요
그곳에 행복이 기다리고 있지는 않아요

행복은 낮은 곳에 있습니다
작은 나비의 날갯짓에
길가의 멋진 풍경들에
키 작은 꽃의 향기 속에 숨어 있지요

행복해지려면
내 몸이 낮아져야 만날 수 있어요

행복은 높은데 있는 게 아니라
소소한 삶 속에서 찾아 누릴 수 있습니다

내 마음

너그러운 마음으로
누군가를 바라보면
이해 못 할 일이 없습니다

고운 마음으로
무언가를 바라보면
곱지 않은 것이 없습니다

사랑하는 마음으로
어떤 것을 바라보면
사랑스럽지 않은 것이 없습니다

예쁜 마음으로
세상을 바라보면
아름답지 않은 것이 없습니다

세상은 내 마음 안에서 시작됩니다
내 생각이 눈으로 보이고
내 마음이 현실로 만들어집니다

내 인생이니까

인생은
딱히 재밌는 게 있는 게 아냐
하지만 만들어 가지면 되는 거야

평범한 하루를
멋지게 만들면 되는 거야

지루한 일상을
즐겁게 만들면 되는 거야

소소한 일들을
아름답게 만들면 되는 거야

따분한 삶을
재밌게 만들면 되는 거야

무료한 인생을
행복하게 만들면 되는 거야

기다리고 바라지만 말고
내가 만들어 가지면 되는 거야

내 인생이니까
내가 최고로 만들면 되는 거야

내공

버티기 힘든 시간도
참아내면 지나가더라

견디기 힘든 고통도
이겨내면 흘러가더라

어려운 역경도
시간 속에 묻혀 사라지더라

좌절의 순간도
극복하면 별것 아니더라

힘겨운 삶도 묵묵히 살다보면
빛나는 내공이 쌓이더라

내려놓기

내 손에 쥐고 있는
많은 것들을 내려놓으세요

그래야 다른 누군가의 고운 손을
잡아줄 수 있습니다

내 마음 안에 품고 있는
욕심과 이기적인 생각을 버리세요

그래야 다른 누군가의 마음을
따뜻하게 안아줄 수 있게 됩니다

내맡김

인생에
바람이 불거든

두 팔을
쫙 펼치고 날아보렴

삶의 무게를 내려놓고
마음의 걱정을 내려놓고

가볍게 몸을 맡겨보렴

바람이
멋진 곳으로 데려다 줄 거야

힘들 땐 내맡겨도 괜찮아
인생 가볍게 살아도 괜찮아

내면

그 사람의
내면의 의식대로 삶은 반응한다

불평으로 가득한 사람은
안 좋은 일들이 찾아오고

긍정으로 가득한 사람은
좋은 일들이 찾아온다

자신의 내면을 바꾸면
세상도 이에 맞추어 변화한다

세상은
나를 비추는 거울과 같아

내 의식과 정체성에 따라
거기에 맞는 환경을 만들어낸다

세상이 바뀌어주지 않으면
나 자신을 바꾸어야 한다

그것이 삶을 잘 살아가는
가장 좋은 수단과 방법이다

내면의 소리

생각이 바르지 않고서는
혀가 아름다운 소리를 낼 수 없고

마음이 곱지 않고서는
몸이 선한 행동을 할 수 없습니다

말은 그 사람의 내면의 소리를
세상을 향해 연주하는 악기와 같습니다

마음은 그 사람의 내면의 세계를
세상 밖으로 투사하는 빛과 같습니다

내면이 아름다운 사람이라야
연주하는 악기도 아름다운 소리를 내게 됩니다

말이 고운 사람은
많은 사람들을 행복하게 해주고

마음이 선한 사람은
많은 사람들을 따뜻하게 해줍니다

누군가에게 선한 영향력을 끼친다는 건
인생을 아름답게 살아가는 고귀한 일입니다

내 편

내가 조금 잘 못하더라도
무조건 내편 들어주는 사람이 좋더라

그런 사람 하나 곁에 있으면
마음이 든든해지더라

내가 가끔 실수 하더라도
무조건 이해해 주는 사람이 좋더라

그런 사람 하나 옆에 있으면
가슴이 따뜻해지더라.

어렵고 힘든 세상 살다보면
오롯이 내 편이 필요할 때가 많더라

삶이 지치고 고단할 때
내 편 하나 옆에 있으면 힘이 나더라

네 탓

이룬 게 없다면
포기가 빨랐던 탓이야

실패를 했다면
노력이 부족한 탓이야

넘어 졌다면
앞을 보지 못한 탓이야

가난 하다면
부지런하지 않은 탓이야

행복하지 않다면
감사를 모르는 탓이야

모든 건 다 네 탓이야
그 누구의 잘못도 아니야

노력

힘들어도
참고 꾸준히 했던 일이
쌓이면 실력이 됩니다

매일
습관처럼 열심히 했던 일이
쌓이면 고수가 됩니다

늘
버릇처럼
날마다 했던 일이 모이면
최고가 될 수 있습니다

노력하고 인내하는 삶은
언젠가는 꽃을 피워 내게 됩니다

느리게 사는 법

느리게 사는 법을 배워라
세월에 발맞춰 서둘러 갈 필요는 없다

사람마다 속도가 다른 것이니
타인을 의식하며 살아갈 필요도 없다

조금 여유로운 마음으로 살아가면
삶의 향기를 느낄 수 있고
인생의 즐거움을 만끽할 수 있다

조금 천천히 가도 괜찮다

인생을 가장 잘 사는 것은
행복을 찾는 일이기 때문이다

행복이 빠진 인생은
어떤 의미와 가치도 없는 것이다

다 잘 될 거야

'뭘 걱정하니'
다시 시작하면 되지

한번 실패했다고
인생 다 산 것처럼
주저앉아 울 필요는 없어

'뭘 근심하니'
오늘 잘 안 되면
내일은 잘 돼주겠지

마음대로 안 된다고
주눅 들어 살 필요는 없어

'뭘 두려워하니'
어떤 일에든
방법은 다 있는 거니까

미리서 겁먹고
무서워 할 필요는 없어

'뭘 염려하니'
살다 보면
이런 일 저런 일 있는 거지

순환과정일 뿐이니까
흔들릴 필요는 없는 거야

아무 걱정하지 마렴
어떤 일이 있어도
하늘은 절대 무너지지 않으니까

아무 염려하지 마렴
앞이 보이지 않아도
결국엔 다 잘 될 수밖에 없으니까

다들 그렇게

당신의 인생만 특별히 나쁘고 불행한 게 아니랍니다

당신이 겪는 고통을 남들도 겪어내고 있고
황당한 사건들을 가끔씩 만나며 살아갑니다

당신의 삶만 유독 어렵고 힘든 것 같겠지만
만만한 삶은 없는 거라서 다 비슷한 일들을 겪으며 살아갑니다
그러니 너무 절망하거나 비관적으로 생각하지 말아요

보이지 않아서 그렇지
다들 삶의 무게를 짊어지고 살아갑니다

들리지 않아서 그렇지
다들 눈물 참으며 살아가고 있습니다

나만 그런 것 아니니까
너무 억울해 하거나 좌절하지 말아요

인생이란 원래 그런 거니까
가끔 어려운 일을 만나더라도
지혜롭게 잘 해결하고 현명하게 잘 넘기도록 하세요

쉬운 인생이란 없는 거니까
유연하고 가볍게 잘 넘기도록 하세요
조금만 쉽고 가볍게 잘 풀어가세요

다스림

삶은
팔랑거리는
귀를 잘 다스려야 하고

나불거리는
입을 잘 다스려야 하고

촐랑거리는
행동을 잘 다스려야 하고

기웃거리는
눈을 잘 다스려야 하고

살랑거리는
생각을 잘 다스려야 하고

흔들거리는
마음을 잘 다스려야 합니다

결국 나를 잘 다스려야
삶을 잘 다스릴 수 있습니다

당신은

삶엔 힘든 일도 많지만
당신은 늘 편안했으면 좋겠습니다

인생엔 나쁜 일도 많지만
당신은 늘 좋은 일만 있었으면 좋겠습니다

삶엔 아픈 일도 많지만
당신은 늘 즐거운 일만 있었으면 좋겠습니다

인생엔 어려운 일도 많지만
당신은 모든 게 쉬웠으면 좋겠습디다

살다보면 안 되는 일도 많지만
당신은 다 잘 됐으면 좋겠습니다

세상엔 불행한 일도 있지만
당신은 늘 행복했으면 좋겠습니다

당신은 너무 소중하니까
늘 축복을 받았으면 좋겠습니다

당신이
주인공
입니다

당신은 분명

당신은 분명
잘 될 사람이니까
지금 조금 어렵다고
기죽을 필요는 없습니다

당신의 미래는 분명
빛날 테니까
지금 조금 힘들다고
나약해질 필요는 없습니다

당신은 분명
멋진 인생을 살게 될 테니까
지금 조금 초라하더라도
주눅 들어 살 필요는 없습니다

당신은 이 세상 유일무이한
보석 같은 존재니까
어디서든 빛을 잃지 말고
살아가세요

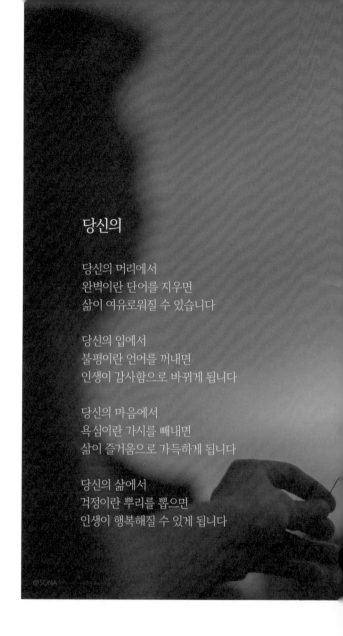

당신의

당신의 머리에서
완벽이란 단어를 지우면
삶이 여유로워질 수 있습니다

당신의 입에서
불평이란 언어를 꺼내면
인생이 감사함으로 바뀌게 됩니다

당신의 마음에서
욕심이란 가시를 빼내면
삶이 즐거움으로 가득하게 됩니다

당신의 삶에서
걱정이란 뿌리를 뽑으면
인생이 행복해질 수 있게 됩니다

@SONA

당신이

당신이 선하면 악한 것이 올 수 없고
당신이 악하면 선한 것이 올 수 없나니
당신의 마음을 잘 살펴라

당신이 꽃이면 꽃향기가 날 것이고
당신이 독초면 독을 품어 낼 것이니
당신의 마음을 잘 돌보라

당신이 빛이라면 어디를 가나 밝을 것이고
당신이 어둠이라면 어디를 가나 깜깜할 것이니

당신의 마음을 잘 다스리라

대가

인생을
자신의 마음대로 살아가는 사람은
한 명도 없습니다

인생은
누구에게나 만만치가 않고
호락호락하지 않기 때문입니다

무언가를 얻기 위해서는
작게든 크게든
그만한 대가를 치러야 합니다

지금 당신의 삶이 힘든 여정이라면
더 좋은 인생을 살기 위해
대가를 치루고 있는 중이라 생각하세요

인생에 그냥 얻어지는 것은
하나도 없으니까요

대처하기

새가 바람의 방향을 터득하듯
물고기가 바다의 파동을 감지하듯

우리도 좋은 삶을 살아가기 위해서는
그 삶에 걸맞는 것들을 터득해야 해요

나무가 계절에 순응하듯
하늘이 밤과 낮에 알맞게 대처하듯

순응해야 할 것은 순응하고
어려운 일은 지혜롭게 해결하고

힘든 일은 현명하게 대처할 수 있어야 해요
어느 환경에서도 꽃을 피워낼 수 있어야 하지요

되지 마라

잘 웃는 건 좋은데
우스운 사람은 되지 말고

밝은 건 좋은데
가벼운 사람은 되지 마라

자신감은 좋은데
거만한 사람은 되지 말고

착한 건 좋은데
만만한 사람은 되지 마라

겸손한건 좋은데
소심한 사람은 되지 말고

좋은 사람은 좋은데
하찮은 사람은 되지 마라

선한 건 좋은데
미련한 사람은 되지 말고

똑똑한 건 좋은데
나쁜 사람은 되지 마라

idea

OOPS.

두려워하지 마

실수를 두려워하지 마
또 다른 답을 찾게 되니까

길이 막혔다 걱정하지 마
또 다른 길을 열어주니까

도전을 두려워하지 마
또 다른 경험이 되니까

실패를 걱정하지 마
또 다른 깨달음을 주니까

끝을 두려워하지 마
또 다른 시작이니까

모든 건 또 다른 길일뿐이야

마라

바라지 마라
미워할 일도 없어진다

욕심내지 마라
근심할 일도 없어진다

기대하지 마라
실망할 일도 없어진다

집착하지 마라
불편할 일도 없어진다

소유하지 마라
힘들어할 일도 없어진다

마음

인생의 길은
오르막길과 내리막길이 있다

오르막길도
가벼운 마음으로 걸어가면
평지나 다름없고

내리막길도
무거운 마음으로 걸어가면
오르막길과 다름없다

가장 무거운 것도 마음이고
가장 가벼운 것도 마음이다

마음 나누어 주기

주머니 속에
행복을 넣고 다니다가
만나는 사람마다 하나씩 나누어 주렴

머릿속에
희망을 채우고 다니다가
좋은 사람들에게 마음껏 꺼내 주렴

마음속에
사랑을 품고 다니다가
예쁜 사람들에게 아낌없이 건네 주렴

입안 가득
향기를 머금고 다니다가
힘든 사람들에게 마음껏 뿌려 주렴

양손에
선한 것을 들고 다니다가
모든 사람들에게 나누어 주렴

그러면
마음이 따뜻해질 거야
인생이 행복해질 거야

마음 닦기

욕심을 비우면
마음이 맑아지고

한결
가벼워질 거예요

걱정을 놓아 버리면
잔잔한 바다처럼

마음이
편안하게 될 거예요

근심을 내려놓으면
청명한 하늘처럼

삶이 밝아질 거예요

인생은
먼지가 끼지 않도록
마음을 잘 닦으며 살아야 해요

마음 추스르기

우린
몹시 힘들 때가 있고
매우 아플 때가 있다

종잡을 수 없이 흔들릴 때가 있고
견딜 수 없이 아래로 추락될 때가 있다

그럴 때면 한없이 마음이 침울해지는데
계속해서 거기에 빠져있으면
상황을 더 악화시킬 뿐 좋아지진 않는다

그 순간 그 상황에서 벗어나는 방법은

잠을 자거나
책을 읽거나
음악을 듣거나
영화를 보면서

흐트러진 마음을 가라앉히도록
다른 곳으로 시선을 돌리는 것이다

지나간다
다 지나간다 2

마음 풀기

마음이 엉키면
삶이 엉키는 거야

그러니까
삶이 잘 풀리게 하려면

마음을 먼저
풀어주어야 하지

마음먹기

삶이 넉넉하지 않더라도
마음은 넉넉할 수 있습니다

삶이 가난하더라도
마음만은 부자가 될 수 있습니다

주머니가 비어 있더라도
마음까지 기죽지는 말고

삶이 초라하더라도
마음까지 궁핍하진 말아요

부자라고 다 행복한 것은 아닙니다
행복은 마음먹기에 달려 있습니다

마음아

화가 나려할 때
'마음아 넓어져라' 다독이면
어느새 잔잔해집니다

짜증이 나려할 때
'마음아 깊어져라' 안아주면
어느새 평안해집니다

불평이 나려할 때
'마음아 낮아져라' 어루만지면
어느새 고요해집니다

눈물이 나려할 때
'마음아 괜찮아져라' 위로해 주면
어느새 웃게 됩니다

인생은 자신의
마음을 잘 다스리며 살아가야
하는 것 같습니다

은방울꽃의 꽃말
"틀림없이 행복해집니다"

마음의 그림

사람의 생각은 연필이고
사람의 마음은 하얀 도화지랍니다

사람은
매일 생각이라는 연필을 꺼내
마음의 도화지에 그림을 그립니다

인생은
자신이 그린 그림대로 흘러가게 돼요

마음에 들지 않는 삶이라면
그동안 그려온 그림들을 지우고
새로운 그림들을 그려보세요

가장 멋지고
가장 행복한 스케치를 하고

가장 근사한 상상의 물감으로 색칠하세요
마음속 그림대로 삶이 펼쳐지게 될 거예요

마음의 나침반

우리 조금만 천천히 가요
서둘러 걷다 넘어지는 일이 없도록
마음에 여유를 가져보아요

우리 조금만 넓게 보아요
바삐 뛰어가다 쓰러지는 일이 없도록
삶에 너그러움을 가져보아요

우리 조금만 멀리 보아요
급하게 달려가다 부딪히는 일이 없도록
인생에 넉넉함을 가져보아요

우리 너무 선급하지도
너무 조바심 내지도 말아요

힘들면 쉬어가고 지치면 앉았다가요
조금만 삶을 음미하며 즐겁게 살아가요

마음의 나침반이 이끄는 대로
천천히 곱게 걸어가요

살아진다 3

슬픔의 끝에는 언제나
열려 있는 창이 있다

마음의 눈

세상을
눈으로 바라보면
불평할 일이 많아지고

마음으로 바라보면
감사할 일이 많아집니다

눈으로 바라보는 세상은
작고 사소한 것들이라서

겉만 보고 쉽게 판단하게 되지만

마음으로 바라는 세상은
넓고 깊은 것들이라서

많은 것을 보고 판단하기 때문입니다

눈으로 보는 세상은 한계가 있지만
마음으로 보는 세상은 한계가 없습니다

마음속엔 만물의
풍요로움이 있기 때문입니다

마음에 혜안을 갖는 건
아름다운 세상과 만나는 길입니다

마음이

마음이 여유로운 사람이
세상의 아름다움을 볼 수 있고

마음이 편안한 사람이
인생의 즐거움을 느낄 수 있습니다

마음이 맑은 사람이
삶의 깊이를 깨달을 수 있고

마음이 고요한 사람이
영혼의 속삭임을 들을 수 있습니다

마음을 넉넉하게 풀어놓고
조금만 여유를 가지고 삶을 바라보세요

보이지 않던 것들이 보이게 됩니다

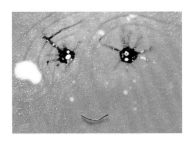

많아요

너무 나서면
다툴 일이 많고

너무 나대면
실수할 일이 많아요

너무 앞서면
후회할 일이 많고

너무 급하면
넘어질 일이 많지요

너무 경솔하면
책임질 일이 많고

너무 강하면
부러질 일이 많아요

너무 잘 나면
부딪힐 일이 많습니다

말합니다

약한 사람은
못한다 말합니다

게으른 사람은
안한다 말합니다

의지가 없는 사람은
해도 안 된다 말합니다

용기가 없는 사람은
불가능하다 말합니다

안될 사람은 이유와 핑계가 많습니다
될 사람은 이유와 핑계 댈 시간에
방법을 찾아냅니다

안 해서 못하는 거지
될 때까지 하면 다 할 수 있습니다

말 1

말은 주술이다
언어에는 영이 깃들여 있다

그래서 어떤 말을 하는지는
매우 중요하다

좋은 말을 반복해서 하다보면
인생은 좋은 일들로 향해간다

말 2

부드럽게 말하면
듣는 사람이 온화해집니다

따뜻하게 말하면
듣는 사람이 포근해집니다

재미있게 말하면
듣는 사람이 즐거워집니다

존중하며 말하면
듣는 사람이 고마워집니다

칭찬하며 말하면
듣는 사람이 기분 좋아집니다

사랑으로 말하면
듣는 사람이 행복해집니다

화를 내며 말하면
듣는 사람이 언짢아집니다

내가 하는 말이지만
듣는 사람의 귀를 통해

그 사람의 마음속으로 들어가
그 사람의 기분을 좌우하게 합니다

말해주렴

안 될까봐 걱정하는 마음에게
'다독다독' 다 잘 될 거야 말해주렴

잘 못 될까 봐 불안해하는 나에게
'토닥토닥' 다 괜찮아질 거야 말해주렴

나쁜 일이 올까 봐 두려워하는 마음에게
'쓰담쓰담' 다 좋아질 거야 말해주렴

힘든 일이 생길까 봐 초조해하는 나에게
이제 멋진 일이 올 거야 말해주렴

삶이 어려워 가끔 흔들리고
인생이 힘들어 가끔 작아질 때

나를 꼭 안아주며 이렇게 말해주렴
걱정해줘서 고마워 나야

모두 다 잘 될 거니까
이제 그만 놓아 주자

말해주세요

미안할 때는
미안하다 말해주세요

당신의 자존심 때문에
상대방은 많이 아파할 거예요

고마울 때는
고맙다 말해 주세요

당신의 쑥스러움 때문에
상대방은 많이 서운해할 거예요

사랑할 때는
사랑한다 말해주세요

당신의 무덤덤함 때문에
상대방은 많이 차가울 거예요

마음을 표현해 주세요
그래야 마음이 따뜻해집니다

먼 훗날

먼 훗날
황혼이 저물어가는 날

석양에 지는 해를
아름답게 바라보며
지나온 날을 떠 올릴 때

열심히 잘 살았노라고
후회 없이 잘 살았노라고

나를 칭찬해 줄 수 있는 삶을 살아가라

눈감게 되는 어느 날
참! 고마운 인생이었다고
참! 괜찮은 인생이었다고

흐뭇한 미소 지을 수 있는
행복한 인생을 살아가라

멋진 날

인생은
어려운 일도 많고
힘든 일도 많습니다

절망할 일도 많고
뜻대로 안 되는 일도 많습니다

쉬운 것 같으면서도
어쩔 땐 너무 어렵고

잘 풀린듯 하다가도
어느 날 갑자기 막히고

예상할 수가 없어
만만하지 않을 때가 많습니다

그래도
잘 견뎌내고 꿋꿋이 이겨내다 보면

어떻게든 살아져지고
좋은 날도 오는 것 같습니다

항상 마음에 여유를 갖고
멋진 날을 기대하며
오늘을 힘차게 살아가세요

멋진 인생

멋진 인생은
그냥 주어지는 것이 아닙니다

자신의 노력으로
만들어내야 하는 것 입니다

좋은 인생은
그냥 얻어지는 것이 아닙니다

자신의 인내로
만들어내야 하는 것 입니다

행복한 인생은
그냥 갖게 되는 것이 아닙니다

자신을 다스림으로
만들어내야 하는 것 입니다

인생에선 그냥 얻어지는 것은 없습니다
자신이 만들어 내야 내 것이 되어줍니다

명심하라

당신의 말을
운명의 귀가 듣고 있다는 걸 명심하라

좋은 말을 하면
좋은 일들이 찾아오게 될 것이고

나쁜 말을 하면
나쁜 일들이 찾아오게 될 것이다

당신의 마음을
우주가 감지하고 있다는 걸 기억하라

선한 마음으로 살아가면
좋은 선물을 주고

악한 마음으로 살아가면
나쁜 선물을 줄 것이다

당신의 행동을
신이 보고 있다는 걸 잊지마라

바른 행실은 도와주어 복을 줄 것이고
틀린 행실은 망하게 하여 벌을 줄 것이다

당신의 인생은 스스로가 만들어 낸다는 걸
절대 잊지마라

모르는 게

세상
모든 걸
다 알려고 들지 마

살아가는데
그리
많은 것들이 필요하지 않거든

세상엔
모르고 사는 게
오히려 편할 때가 많지

많이 알면
그만큼 복잡해지거든

그냥
단순하게 사는 게 행복한 거야

물처럼...
바람처럼...

문

'이건 벽'
이라 생각하면

그 안에 갇히게 됩니다

'이건 문'
이라 생각하면

밖으로 나올 수 있게 됩니다

부정과 긍정은
실패와 성공을 결정짓게 합니다

미소 짓는 날

힘든 일은
곧 지나갑니다

괴로운 일도
곧 사라집니다

시련의 순간도
언젠가는 끝이 납니다

그때까지
마음이 흔들리지 않게
꽉 붙잡고 있으면

모든 것이 평온해지는 날
모든 것이 잔잔해지는 날

입가에 행복한 미소 짓는 날
꼭 오게 됩니다

바뀌지요

새가 살아 있을 땐 벌레를 잡아먹지만
새가 죽고 나면 벌레가 새를 먹습니다

우리가 살아있을 땐 땅을 밟고 살아가지만
우리가 죽고 나면 땅이 우리 위에 있습니다

모든 건 돌고 돌아가며
균형을 만들어 내고 있습니다

시간은 우리보다 힘이 강하므로
오늘의 내가 영원할 수 없습니다

환경은 소리 없이 조금씩 바뀌고 있지요

오늘 잘 나가던 사람이 내일 못 나갈 수 있고
오늘 못 나가던 사람이 내일 잘 나갈 수 있습니다

그러니 누군가를
무시하거나 상처를 주지마세요

우린 모두
소중한 존재들입니다

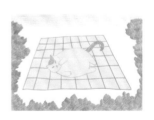

바람과 물이 하는 말

스쳐가는 바람이 말합니다
삶에 모든 순간은 바람과 같은 거라고

흐르는 물이 말합니다
인생은 잠시 머물렀다 가는 물과 같다고

한번 지나간 시간은
바람처럼 잡을 수 없고

한번 흘러간 세월은
물처럼 다시 되돌릴 수 없는 거라고

좋은 일도 바람처럼 지나가고
나쁜 일도 물처럼 흘러가는 거라고

그러니 모든 일에
연연해하지 말라 합니다

바른 삶

베풀고 사는 게
손해 보는 것 같겠지만
언젠가는 복을 받는 날이 오게 됩니다

착하게 사는 게
미련해 보이기도 하겠지만
언젠가는 하늘이 돕는 날이 오게 됩니다

진실하게 사는 게
바보처럼 느낄 수도 있겠지만
언젠가는 빛을 바라는 날이 오게 됩니다

성실하게 사는 게
초라해 보일 수도 있겠지만
언젠가는 결실을 맺는 날이 오게 됩니다

바르게 사는 게
한심하다 여길 수도 있겠지만
그것이 좋은 인생을 만드는 방법이 됩니다

보석

하늘의
별과 달을 동경하는 까닭은

가까이 다가갈 수도
만질 수도 없기 때문이다

아무리 아름다운 보석도
곁에 두고 가까이 바라보면
평범한 유리 조각으로 느껴진다

어느 날 보석을 잃어버린 때
소중한 보석이었음을 알게 된다

내 곁에 머물러 준
모든 것들은 소중한 보석입니다

잃어버리지 않도록
아끼고 사랑해 주세요

버려야 할게

이 세상에 버림받은 것이
어디 하나 둘이랴

꽃도 꽃잎을 버리고
나무도 잎을 버리지 않는가

구름도 무게를 버리고
나비도 몸을 버리지 않던가

버릴 땐 다 아프지 않겠는가
살다보면 버려야 할 것들도 있지 않던가

그래야 삶이 더 가벼워지고
인생이 더 충만해지지 않겠는가

볶지 말아요

근심하는 것
걱정하는 것
미워하는 것
시기하는 것
화내는 것
불평하는 것
높아지려 하는 것
완벽하려 하는 것

모두가
자기 자신을
들들 볶는 일입니다

너무 볶지 말아요

그러다 마음이 새까맣게
다 타버리게 됩니다

봐

웃고 살아봐
삶이 바뀔 테니까

밝게 살아봐
인생이 바뀔 테니까

감사하며 살아봐
현실이 바뀔 테니까

즐겁게 살아봐
생활이 바뀔 테니까

긍정적으로 살아봐
운명이 바뀔 테니까

태도를 바꿔봐
모든 게 바뀔 테니까

불찰 탓

한심한 사람은
자신의 잘못을 남 탓으로 돌립니다

나약한 사람은
실패의 원인을 환경 탓으로 돌립니다

미련한 사람은
안 되는 핑계를 운명 탓으로 돌립니다

게으른 사람은
가난한 이유를 부모 탓으로 돌립니다

아둔한 사람은
불행한 삶을 세상 탓으로 돌립니다

부족한 사람은
나쁜 인생을 운 탓으로 돌립니다

모자란 사람은
모든 탓을 다른 곳으로 돌립니다

그 누구의 탓도 아닙니다
다 내 무지함과 불찰의 탓이지요

비가 오는 날엔

비가 오는 날엔
맑은 인연이 그립습니다

한땐 내 삶 속에서 울고 웃던 인연들
지금은 어디서 어떤 모습으로 살고 있는지

아련한 추억들이
비의 영상 속에 잔잔히 흘려듭니다

빗방울 하나에
그리운 이의 얼굴을

빗방울 하나에
보고픈 이의 모습들

빗방울 하나에
아름다운 추억들

빗방울 하나에
고운 이름들
그리고 소중하고 아름다웠던 이야기들

이렇게 예쁜 비가 내리는 날엔
맑은 인연들이 그리워집니다

빛

낮은 빛이 있지만

기껏해야 수십 킬로미터
근거리 밖에 분간하지 못한다

밤은 어둠이 있지만

몇 백만 킬로미터 떨어진
우주에 있는 별과 달을 볼 수 있다

삶은 밝을 때 주변만 보게 되지만

고난과 역경을 겪을 때 더 잘 보이고
더 많은 경험을 하게 된다

빛은 어두울수록
더욱 밝게 빛나는 것이다

사람

힘들게 한 사람은
강해지는 법을 알게 하고

착한 사람은
반성할 것을 알려 줍니다

상처 준 사람은
깨우침을 가르쳐 주고

똑똑한 사람은
배울 점을 알게 해 줍니다

좋은 사람은
부족함을 일깨워 주고

나쁜 사람은
자신을 되돌아보게 만들어 줍니다

만나는 인연 중에
필요 없는 인연은 하나도 없습니다

사람들은

우울한 사람보다
유쾌한 사람을 좋아한다

어두운 사람보다
밝은 사람을 좋아한다

찡그린 사람보다
잘 웃는 사람을 좋아한다

불평하는 사람보다
감사하는 사람을 좋아한다

충고하는 사람보다
칭찬해 주는 사람을 좋아한다

당신은 지금 사랑받고 계십니까

좋아해 주는 사람이 없다면
거울을 통해 자신의 얼굴과 마음을
한번 들여다보세요

사람을 대할 때

사람을 대할 때
정성을 다 해야 합니다

내가 소중하듯
내 가족이 소중하듯
다른 사람도 소중한 사람입니다

지위가 높아도
재산이 많아도

사람의 소중함을 모르면
실패한 인생을 사는 것입니다

누군가 함부로 대하는 사람도
그 누군가의 소중한 사람입니다

좋은 인생을 살려면
인간관계가 좋은 사람이 돼야 합니다

많이 가진 것보다
많은 사람의 손을 잡아주는 게
정말 가치 있는 삶입니다

산다는 것은

산다는 것은
진흙 속에서 진주를 캐내듯
작은 희망하나 품고 사는 거지

아침이면 피곤한 몸 일으켜
오늘은 좋은 일이 생기기를 기도하며
문밖을 나서는 거지

밤이 되면 고단한 몸 이끌고 들어와
내일은 멋진 일이 있을 거라 기대하며
잠자리에 드는 거지

산다는 것은
한 손에 고뇌를
다른 한 손에 희망을 쥐고 사는 거지

때로는 눈물겹도록 힘든 현실도 만나게 되고
가끔은 웃음 짓는 즐거운 일들도 만나게 되는 거지

희망이라는 촛불에 불을 켜 놓고
열심히 살아가다 보면
언젠간 기쁜 날도 만나게 되는 거지

매일 희망을 꿈꾸며 살 수 있으니
그 얼마나 감사하고 행복한 일인가!

살다보면 1

살다보면

누구나 넘어지게 되고
때로는 아프기도 하고
누군가에게 상처받기도 합니다

사는 게 가끔은 쓸쓸하기도 하고
마음대로 되지 않는 일도 많고
삶이 힘에 겨워 지칠 때도 있습니다

인생이란 게 원래 그래요
사람 사는 게 다 비슷합니다

나만 그런 게 아니니까
너무 힘들어 하지 말아요

살다보면 2

나쁜 일이 일어날 수 있지요
그럴 때 화가 나는 것은

좋은 일만 일어나야 된다는
이기적인 생각 때문이에요

사람들은
좋은 일은 당연하게 생각하고
나쁜 일은 부당하게 여깁니다

하지만
그 나쁜 일에서 좋은 면을
한번 찾아보세요

이만해서 다행이다
좋은 일이 오려고 그런다

생각만 조금 바꾸면
나쁜 일이 주는 안 좋은 감정에서
벗어날 수 있게 됩니다

살다보면 3

살다보면

'뿔' 달린 사람도 만나게 되고
'가시' 달린 사람도 만나게 됩니다

꽃처럼 고운 사람만
만나고 싶지만

어디
꽃 같은 사람만 만날 수가 있나요

그런 사람을 만나거든
상처받지 말고
그러려니 하고 넘겨버리세요
내가 꽃으로 살아가면 되는 거지요

삶은

삶은 견디는 거야
하루를 견디면
그만큼 더 강해지지

삶은 버티는 거야
힘든 일도 버티면
그만큼 성숙해지지

삶은 인내하는 거야
어려운 일도 인내하면
그만큼 자라게 되지

삶은 즐기는 거야
어떤 일이 주어져도 즐길 줄 알면
그만큼 단단해지지

삶의 가치

마라톤의 가치를
우승에 두면 부담스럽게 되지만

완주에 두면
즐기면서 달릴 수 있는 것입니다

인생의 의미를
성공에 두면 힘들게 살아가게 되지만

행복에 두면
즐겁게 살아갈 수 있는 것입니다

모든 것은
자신이 선택한 가치관이란
상자에서 만들어집니다

선택의 결과에 따라
삶의 방향과 인생의
의미가 크게 달라지는 것입니다

상처

상처는 경험을 해석하는 마음가짐이다

일어나는 일을 바라보는 시각
받아들이는 감정 상태에 따라
크기와 깊이가 달라진다

상처의 고통에서 벗어나는 방법은
마음가짐을 달리하면 된다

그 일에서 갖게 된
부정적인 생각을 지워내고

그 일에서 느꼈던
피해의식을 버려야 한다

상처를 순환과정으로 여기면
삶의 지혜를 얻을 수 있게 된다

생각

지나가다
누군가 내 어깨를
툭! 치고 갔을 때

그 사람이 실수로
살짝 건드리고
간 것이라 생각하면
마음이 편하지만

감정이 있어
치고 간 것이라 생각하면
화가 나는 법입니다

항상 좋은 쪽으로 받아들이면
인생살이 편안한 법입니다

살아진다 4

세월 지나감이
유일한 희망일 때가 있다

생각하렴

힘든 일을
겪을 때마다 생각하렴
얼마나 좋은 일이 오려고 이러는 걸까

나쁜 일을
만날 때마다 생각하렴
얼마나 멋진 일이 찾아오려고 이러는 걸까

불편한 일이
찾아올 때마다 생각하렴
얼마나 근사한 일을 데려오려고 이러는 걸까

큰 행운은
안 좋은 포장지에 쌓여올 때가 많아요

그러니 어떤 어려운 일을 만나더라도
항상 좋은 방향으로 마음을 바꾸세요

지금 엄청나게 큰 행운이
당신에게 오고 있는 중이니까
지치지 말고 마음 편안히 기다리세요

생각해 보렴

마음이 무거워 지거든
버려야 할 게 없는지
생각해 보세요

머리가 무거워 지거든
비워내야 할 게 없는지
생각해 보세요

양손이 무거워 지거든
내려놓을 게 없는지
생각해 보세요

삶이 무거워 지거든
흘려보내야 할 게 뭐가 있는지
되짚어 보세요

생각해보기

화가 나려 할 땐
화를 낼 가치가 있는지
먼저 생각해 보세요

다툴 일이 생길 땐
싸울 의미가 있는지
먼저 따져보세요

미움이 일어날 땐
불편할 필요가 있는지
먼저 살펴보세요

험담이 하고 싶을 땐
입을 더럽힐 이유가 있는지
한번 돌아보세요

불평이 나오려할 땐
그런다고 바뀌는 게 있는지
천천히 되짚어보세요

조금만 마음을 조율하면
지혜로워집니다

선택

비관적으로 사나
낙천적으로 사나
자신의 선택이지만

비관적인 사람이
낙천적인 사람보다
안 되는 일이 많아요

불평하며 사나
감사하며 사나
자신의 마음이지만

불평하며 살면
괴롭고 힘든
인생을 살게 되지요

낙천적인 사람은 행운이 따라다니고
비관적인 사람은 불운이 따라다닙니다

불평하는 사람은 불행한 일들이 찾아오게 되고
감사하는 사람은 행복한 일들이 찾아오게 됩니다

자신의 인생은 자신이 만듭니다
좋은 씨앗을 뿌려 좋은 열매를 거두세요
뿌리는 대로 거두는 게 세상의 이치입니다

선물 1

비싼 선물을 주어도
선물의 가치를 모르면 소용이 없지요

신은 당신에게
온갖 좋은
선물들을 많이 주었지만

당신이 꺼내 사용하지 않으면
아무 소용이 없습니다

당신 안에
잠들어 있는 많은 능력들을 깨워내세요

당신은 뭐든 할 수 있고
뭐든 될 수 있는 특별한 사람입니다

훌륭한 일을 해내는 사람들은
당신과 똑같은 한 사람이

그 능력을 찾아내고 개발하여
멋지게 사용한 것뿐입니다

선물 2

오늘은
너에게 파란 하늘을
선물해 주고 싶어

지친 너의 마음이
하늘처럼 맑아졌으면 해

내일은
너에게 에메랄드빛 **바다를**
선물해 줄 거야

힘든 너의 마음이
바다처럼 넓어졌으면 해

모레는
너에게 꽃을 선물해 주고 싶어

고운 너니까
꽃처럼 활짝 웃고 향기로워졌으면 해

매일 매일 난 너에게 선물을 줄 거야
소중한 내가 행복하길 바라니까
잘 찾아보렴

섭리

삶을
제대로 보려면
눈이 밝아야 하고

인생을
똑바로 알려면
머리가 맑아야 합니다

세상의
진리를 깨우치려면
마음이 깨끗해야 하고

우주의
섭리를 파악하려면
영혼의 문이 열려야 합니다

세상은 1

세상은
잘 나가는 사람에겐
공평하게 느껴지고

잘 못 나가는 사람에겐
불공평하게 느껴진다

잘 나가는 사람도
사실 계속 잘 나가는 것은 아니다

태양이 한쪽 편이 아니듯
돌고 도는 게 세상의 이치이다

지금 잘 풀리지 않는 세상을 살고
있다면 조금만 기다리세요

기다리는 동안
열심히 노력하고 준비하세요

그러면
언젠간 잘 나가는 사람으로
사는 날 오게 될테니까요

세상은 2

세상은
누구의 편도 아니야

용기 있는 사람에게
길을 내어주고

노력하는 사람에게
문을 열어주지

도전하는 사람에게
기회를 나눠주고

성실한 사람에게
도움을 주게 되지

내가 노력한 만큼
찾아 가질 수 있는 게
세상의 풍요인 거야

세상을 살다보면

참았던 일보다
참지 못했던 일들이 후회로 남게 됩니다

하지 말았어야 할 말
하지 말았어야 했던 행동들이
아플 때가 많습니다

지나고 나서 생각해 보면
좀 더 신중할걸 그랬다
별일도 아닌데 왜 그랬을까 하는 생각이 듭니다

그 순간의 감정을 잘 다스리며
사는 게 지혜로운 것 같습니다

분노와 화만 잘 조절해도
나쁜 일은 줄어드는 것 같고

순간의 선택만 잘 해도
아픔과 상처 날 일을 막는 것 같습니다

소금

삶이 어떻게
좋은 일만 있겠니

나쁜 일도
소금처럼 뿌려져야
인생의 간이 맞는 거지

나쁜 일도
삶의 일부분이니
흔쾌히 받아넘겨라

소중한 인연

그 사람을 미워하기 전에
한 번 더 이해해 보자

그 사람을 싫어하기 전에
한 번 더 배려해 보자

그 사람을 원망하기 전에
한 번 더 용서해 보자

그 사람을 내치기 전에
한 번 더 끌어안아 보자

그 사람이 그러는 데는
뭔가 이유가 있겠지 생각하고 넘어가 보자

살다보면
나도 실수할 수 있고
나도 잘못할 때 있을 텐데

한 번만 더 포용해 보자
마음을 조금만 더 넓혀 보자

소중한 인연 좀 더 너그러워져 보자

습관

좋은 생각도
나쁜 생각도 습관이 됩니다

선한 마음도
악한 마음도 습관이 됩니다

긍정의 말도
부정의 말도 습관이 됩니다

행복도
불행도
내가 만든 습관입니다

좋은 인생을 살려면
좋은 습관을 몸에 지니세요

승리자

고난이 닥쳐오면
누군가는 피하고
누군가는 겨룹니다

시련을 만나면
누군가는 도망가고
누군가는 싸웁니다

고난과 시련에
무릎을 꿇게 되면
인생의 패배자가 될 수 있지만

강하게 맞서 싸워 이기면
승리자가 될 수 있습니다

고난과 시련을
두려워 할 필요는 없습니다

당신은 고난과 시련보다
훨씬 더 강한 사람이니까요

시계

시계는 언제나
'째깍째깍' 소리를 내며
가고 있지만

다른 일에 집중하고 있거나
들으려고 귀를 기울이지 않으면
들리지 않습니다

사람도
마음을 닫아 걸으면

다른 사람의 말을
들으려 하지 않습니다

스스로가 깨닫지 못 하면
아무리 좋은 말을 해 줘도
들리지 않게 됩니다

시간이 필요해

모든 것들은
익어가는 시간이 필요합니다

설익은 과일이 맛이 없듯
기다리고 인내하는
시간이 필요합니다

장맛이 제대로 맛을 내려면
항아리 안에서
묵묵히 견뎌내야 하듯

인생에도 달콤한 맛을
보기위해선 참아내고 이겨내야
할 때가 있습니다

아름다운 꽃을 피우기 위해서는
기다리고 침묵해야 하는
시간이 필요합니다

시간의 말

시간이 말합니다

나쁜 일도 좋은 일도 다 데려가니
너무 집착하지 말아요

기다린다고 빨리 와 줄 수도
가란다고 속히 갈 수도 없으니
재촉하거나 서두르지 말아요

가만히 놓아두어도
때가 되면 오고 때가 되면 가니
삶에 너무 연연해하지 말아요

시간은 늘 공평하지만
소중하게 쓰는 사람에겐 값지고
함부로 쓰는 사람에겐 하찮게 되지요

사람에겐 일생 사용할 수 있는
시간이 정해져 있어요

일 분 일 초도 소중하게 아껴 쓰세요

씨앗 1

어제 뿌린 씨앗이
오늘 꽃으로 피어나고

오늘 피어난 꽃이
내일의 열매를 맺게 합니다

어제라는 시간은
오늘을 살게 하는 씨앗이 되고

오늘이라는 시간은
내일을 풍성하게 만드는
소중한 시간이 됩니다

씨앗 2

사람은 무엇을 심든지
심는 대로 거두어 드립니다

선한 마음으로 하루씩
물을 주어 기른 나무는
선한 열매를 달아 줍니다

악한 마음으로 하루씩
물을 주어 기른 나무는
악한 열매가 열리게 됩니다

자신이 하는 말
자신이 하는 생각
자신이 하는 행동들은
다시 내게로 되돌아오게 됩니다

때론 아픈 열매를
때론 기쁜 열매를
때론 슬픈 열매를
때론 행복한 열매를 달고
다시 내게 찾아옵니다

아름다운 사람

화가 나는 말을 들었을 때
더 화나는 말로 화답하지 말고

너그러운 말 한마디로 화를 풀어 주세요
그 사람이 화냄을 반성할 수 있게...

나에 대해 비난하는 사람에게
더 나쁜 말로 비난하지 말고

더 좋은 말로 되갚아 주세요
그 사람 마음이 부끄러워질 수 있게...

그 사람과 똑같이 행동하면
나도 그 사람과 같은 사람 밖에 될 수 없습니다

아름다운 사람은
꽃잎을 만지기만 해도
손끝에 향기를 발라 주는 사람입니다

아름다운 인생

자신의 인생을 즐겁게
잘 사는 것도 중요하지만

울고 있는 누군가의
눈물을 몇 번이나 닦아 주었는지

넘어진 누군가의
손을 몇 번이나 잡아 주었는지

아파하는 누군가의
마음을 얼마나 위로해 주었는지

힘들어하는 누군가의
등을 얼마나 많이 토닥여 주었는지

타인에게 얼마나 많은 사랑을 베풀고
따뜻한 마음을 나누어 주었는지가
아름다운 인생을 사는 게 아닐까

세월 지나감이 유일한 희망일 때가 있다.

아무렇지

살아가다 보면
물결처럼 흘러가는 일도 있지만

어떤 것들은
가시처럼 박히는 일도 있을 거야

조금 아프더라도 잘 참아내길 바래

누군가를 만나다 보면
바람처럼 스쳐가는 사람도 있지만

마음을 흔들고 가는 사람도
만나게 될 거야

조금 힘들더라도 잘 이겨내길 바래

삶에 어떤 일이 찾아오더라도
용기 잃지 말고 태연한 척 잘 살아가길 바래

그럼 아무렇지 않게 되는 날 오게 되더라고

안내

무슨 일에 깊이 빠져있을 땐
그 일에 대해 잘 보이지가 않아요

그래서
뭐가 잘 된 건지
잘못 된 건지 알지 못 합니다

한 번씩
뒤로 한발 물러나 그 일을
점검해 보아야 합니다

어떤 일에 흠뻑 젖어있을 땐
틀린 건지 맞는 건지 판단이 흐려집니다

잘 못하고 있더라도
그 문제가 보이지 않습니다

가끔씩
고요한 시간을 통해 꼼꼼히
그 일을 되짚어 봐야 합니다

나중에 후회하는 일이 없도록
자신에게 길을 묻고 안내를 받아야 합니다

알맹이

잘난 사람보다
편안한 사람이 좋다

멋진 사람보다
다정한 사람이 좋다

근사한 사람보다
즐거운 사람이 좋다

똑똑한 사람보다
진실한 사람이 좋다

부담 주는 사람보다
마음이 따뜻한 사람이 좋다

조금 부족해도
나에게 행복을 주는 사람이 좋다

살아보니 겉치장이 화려한 사람보다
알맹이가 알찬 사람이 더 중요하더라

애쓰지 말아요

삶에 완벽은 없는 거야
너무 완벽하려 애쓰지 마렴

그럴수록 마음은 병들어 가는 거니까
완벽하다고 해서 다 좋은 것은 아니야

채워야 할게 부족한 게 조금은 있어야
삶이 겸손해지고
인생이 향기로워지는 법이지

약재

필요한 사람이
필요한 자리에 있으면
꽃이 되고

필요한 자리에
불필요한 사람이 있으면
잡초가 되는 게 인생이다

꽃도 곡식밭에 자라나 있으면
잡초가 된다

사람들은 잡초를 뽑아내듯
불필요한 사람을 뽑아낸다

이 세상에 잡초가 없듯
불필요한 사람도 없다

잡초도 잘 쓰면
꽃보다 더 유용한 약재가 된다

내가 잡초가 되지 않으려거든
꼭 필요한 약재가 돼야 한다

어떨까

짜증내도 달라질 게 없다면
그냥 웃어넘기는 게 어떨까

화내도 바뀔게 없다면
조금 이해해 버리는 게 어떨까

보기 싫어도 봐야만 할 사람이라면
차라리 잘 대해 주는 게 어떨까

내 힘으로 어쩔 수 없는 것 들을
좀 너그럽게 받아들이면 어떨까

어차피 한 세상 살아가야 하는데
불평하는 것보다 감사하며 사는 게 어떨까

짜증내며 사는 것보다
즐겁고 행복하게 사는 게 어떨까?

모든 것들은 내 마음 먹기에 달려있는 거야

어리석음

사람들은 어리석게도

자신의 행복은
축소경으로 바라보고

남의 행복은
확대경으로 바라봅니다

그래서 행복은 늘 멀리 있다 생각합니다

반대로 다른 사람의 불행은
작게 축소해서 해석하고

자신의 불행은
크게 확대해서 해석합니다

그래서 늘 불평하며 살아가게 됩니다

불행한 인생도
행복한 인생도 생각하기에 달려 있습니다

당신을 불행하게 만드는 건
자기 자신입니다

없고

베풀어서
나쁠 것은 없고

겸손해서
손해 볼 건 없다

친절해서
욕먹을 일 없고

인사해서
비난 받을 일 없다

배려해서
미움 받을 일 없고

도와줘서
하찮은 일 없다

칭찬해 줘서
싫어할 사람 없고

존중해 줘서
화낼 사람은 없다

연연해 말자

잊힌 건
잊힌 대로
세월 속 무덤 속에
고요히 잠들게 하자

흘러간 건
흘러간 대로
흐르는 물살에
배를 띄어 보내듯 흘러가게 하자

사라져 버린 건
사라져 가도록
미련 없이 가볍게
연을 날리듯
바람에 날려 보내자

삶의 그 모든 것들에 연연해하지 말자
물처럼 바람처럼 겸허히 살아가자

예고

나쁜 일도 예고 없이 오지만
좋은 일도 예고 없이 오더라

살다보면
이런 일 저런 일 만나게 되지만

그 또한 삶의 일부라는 걸
알고 있으면 편안해지더라

나쁜 일은 가볍게
힘든 일은 유연하게
어려운 일은 초연하게 보내면 되더라

어떤 삶을 만나든
요동하지 않으면 되더라

그러면 갈 것은 가고 올 것은 오더라
애쓰며 걱정하고 살 것도 아니더라

오늘

오늘
난 무조건
행복할 거야

어떤 일이
있더라도
웃어 넘길 거야

모든
일들에
기꺼이 감사할 거야

순간
순간을
충분히 즐길 거야

오늘
하루를
특별한 날로 만들 거야

모든 건
선택이니까

난 오늘
멋진 날로 선택했어

오늘 당신에게

기다리던 기쁜 소식이 꼭 오기를
기도하는 일들이 다 응답하기를

언제 풀릴지 모르던 일들이 잘 풀리기를
바라는 일들이 막힘없이 술술 풀리길

고민하던 일들이 마법처럼 다 이루어지길
생각지도 않은 기분 좋은 일이 꼭 있기를

즐거운 일이 많아 콧노래가 절로 나길
멋진 일들이 파도처럼 밀려와 주길

놀라운 기적이 선물처럼 찾아오기를
엄청난 행운이 별처럼 쏟아져 내리길

하늘이 돕는 듯 모든 일이 다 잘 되기를
세상 만물이 당신이 잘 되기를 도와주길

오늘이 최고의 날이 되길
오늘도 마냥 행복하길

욕심 버리기

사람들이
내맘 같지 않다 생각이 드는 건
내가 그 사람을 너무 의지하고
믿고 있기 때문입니다

세상일이 내 맘대로
되지 않는다 생각이 드는 건

세상에게 바라는 게 너무 많고
기대하는 게 너무 크기 때문입니다

아무것도 원하지 않으면
실망할 일도 없습니다

어떤 것도 기대하지 않으면
낙심할 일도 없습니다

모든 게 다 내 욕심 때문입니다
그저 겸허히 살아가면
마음이 불편해지는 일은 없습니다

욕심 비우기

내 마음대로 안 되는 일은
좀 내려놓고 살아도 됩니다

내 뜻대로 안 되는 일은
좀 비워내며 살아도 됩니다

내 의지 대로 안 되는 일은
좀 버리고 살아도 괜찮습니다

삶의 모든 고뇌는
내 뜻대로 이루기 위해

몸부림치는 욕심과 욕망에서
찾아오게 됩니다

용기 잃지 말아요

가진 게 많지 않더라도
초라해지지 말아요

삶이 가끔 힘들더라도
지치지 말아요

인생이 때론
당신을 괴롭힐지 몰라요

하지만 용기 잃지 말아요

잘 견디고 버티고 나면
잘 해냈다는 보상으로

하늘에서 축복이
비처럼 쏟아져 내릴 거예요

그때까지 잘 참기로 약속해요

아무리 힘들더라도
행복한 마음만은 포기하기 없기요

살아진다 5

진정한 아름다움은
자신의 인생을 사랑하는데 있다

용서는

그 사람의 잘못을
인정해 주는 게 아니라
이해해 주는 거야

내가 조금 힘들었지만
내가 많이 아팠지만
그 사람이 많이 미웠지만

그 사람과의 관계를
포기하고 싶지 않은 마음이
더 크기 때문에
나 자신을 내려놓는 거야

용서는
그 사람을 위한 게 아니라
나의 불편한 감정을 씻어 내는 거야

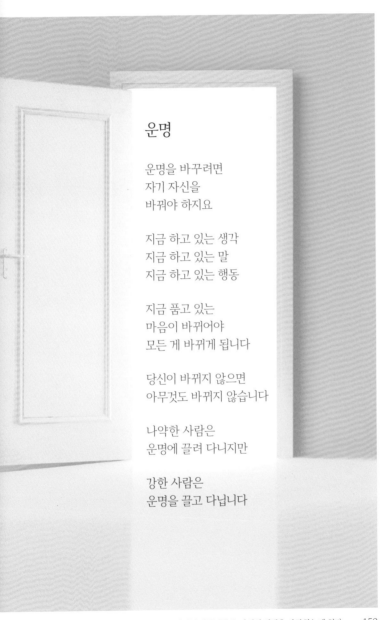

운명

운명을 바꾸려면
자기 자신을
바꿔야 하지요

지금 하고 있는 생각
지금 하고 있는 말
지금 하고 있는 행동

지금 품고 있는
마음이 바뀌어야
모든 게 바뀌게 됩니다

당신이 바뀌지 않으면
아무것도 바뀌지 않습니다

나약한 사람은
운명에 끌려 다니지만

강한 사람은
운명을 끌고 다닙니다

원래 그런 거다

어떤 사람이 이해가 안가거든
그냥 그런 사람이다 생각하면
마음 편안합니다

세상살이가
가끔 모르겠거든

그냥 원래 인생은 어렵다 생각하면
마음 가벼워집니다

세상은 넓어서
이런저런 사람들이 살고 있고

우주는 광활해서
이 일 저 일 다 있는 거다 생각하면
인생은 그리 고달프지 않습니다

모든 것들은
그들만의 의미가 있는 거다 생각하고
가볍게 넘기세요

인생 조금 쿨하게 살아도 됩니다

위로

상처 없는 사람이 어디 있나요
다들 아픔을 감추고 살아가지요.

아무렇지 않은 척 살아가지만
누군가 툭! 하고 상처를 건드리면

곪았던 아픔들이 터져 나와
주르륵 눈물을 쏟아내지요.

괜찮은 척! 살아가고 있지만
정말 괜찮은 사람은 많지 않아요

속으로 울고 있는 사람이 많습니다
위로 받기보다 위로해 주며 살아가요

응원해 주기

타인의 꿈은
짓밟는 게 아니라 응원해 주는 거예요
내 잣대로 그를 평가하고 '판단' 하지 말아요.

그 사람 안에 어떤 능력이
숨어 있는지 사실 잘 모르잖아요

그가 할 수 있다고 생각할 땐
분명히 해낼 수 있기 때문일 거예요

당신이 잘할 수 있을 거라 지지해 주면
아마 더 노력하고 열심히 하게 될 거예요

그런데 옆에서 자꾸 찬물을 끼얹으면 타오르던
불씨를 꺼트리는 주범이 되지요

그를 위한다면
용기를 북돋아 주고 끝까지 믿어주고 응원해 주세요
그런다고 손해 보는 것 아니잖아요
그 다음 일은 그 사람의 몫입니다

잘 될까 안 될까를 미리 판가름하지 말고
그 사람이 그 일로 인해 행복하다면
지켜봐 주는 게 좋습니다

이 세상엔

아픈 사람을 보면
건강한 것만으로도 얼마나 감사한 건지

어려운 사람을 보면
이만큼 사는 것도 얼마나 고마운 건지 느끼게 됩니다

고생한 사람을 보면
불평했던 순간들이 얼마나 부끄러운지

가엾은 사람을 보면
나의 투정이 얼마나 사치인 건지 알게 됩니다

불행을 겪는 사람을 보면
아무 일없이 지내는 게 얼마나 행운인 건지

힘겹게 살아가는 사람을 보면
내 인생이 얼마나 축복인 건지 깨닫게 됩니다

우린 나보다 더 어렵고 힘든 사람을 보면
마음이 숙연해지고 겸손해집니다

감사할 조건을 찾아보면 생각보다 많고
행복할 이유를 세어보면 의외로 넘쳐납니다

이 세상엔 나보다 힘들고 어려운 사람도 많습니다

다만 자신의 고통을 가장 크게 보기 때문에
불행한 마음이 들게 되는 것입니다

당신은 충분히 행복한 사람입니다

이런 사람

얼굴을 만져 주는 사람보다
마음을 만져 주는 사람이 더 따뜻하다

충고를 잘 하는 사람보다
격려를 잘해 주는 사람이 더 고맙다

손이 따뜻한 사람보다
손을 잡아주는 사람이 더 포근하고

머리를 쓰다듬는 사람보다
생각을 읽어주는 사람이 더 감사하다

말이 앞서는 사람보다
행동으로 보여주는 사람이 더 감동이고

자기 말만 늘어놓는 사람보다
남의 말을 잘 들어주는 사람이 더 사랑받는다

공감을 잘 해주고
감정을 잘 읽어주는 사람은
상대방을 포근하게 만들어 준다

마음이 따뜻해
마음을 잘 어루만져 주는 사람은
누군가를 행복하게 만들어 준다

이유

누군가를 낭떠러지로
밀어 넣으려면

자신도 낭떠러지 난관에
서 있어야 하지요

남을 헤치는 일은
자신을 헤치는 일이 됩니다

반대로 누군가에게 꽃을 선물해 주려면
내 손에 먼저 꽃향기를 바르게 됩니다

남을 이롭게 하고 돕는 일은
나 자신을 돕는 일이 됩니다

타인의 불행이
나의 행복이 될 수 없는 이유입니다

민들레꽃의 꽃말
"행복, 감사하는 마음"

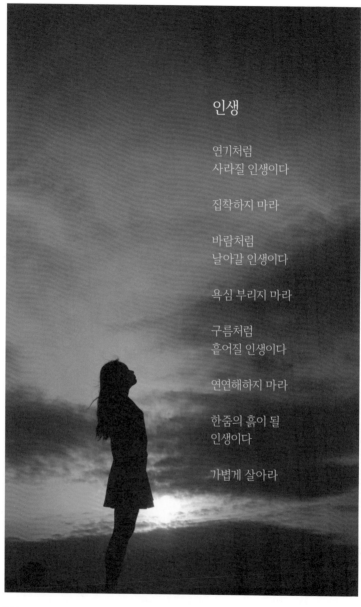

인생

연기처럼
사라질 인생이다

집착하지 마라

바람처럼
날아갈 인생이다

욕심 부리지 마라

구름처럼
흩어질 인생이다

연연해하지 마라

한줌의 흙이 될
인생이다

가볍게 살아라

인생

얼마나 잘 살겠다고
그렇게 아등바등 힘들게 사는가

조금만 생각을 바꾸면 인생은 편안해지지

무슨 욕심이 많아
그렇게 끙끙대며 어렵게 사는가

조금만 내려놓으면 삶은 즐거워지지

한 세상 살아가는데
뭐가 그리 많은 게 필요하다고
그렇게 헉헉대며 전전긍긍 살아가는가

조금만 마음을 고쳐먹으면 세상은 풍요로워지지

짧은 인생
복잡하고 어렵게 살 필요 있는가

단순하게 살아가고 겸손히 나를 낮추면
모든 건 순리대로 잘 이루어지지

세상은 항상 두팔 벌려
당신이 뛰어와 안겨주길 기다리지

인생길 1

외롭지 말라고
사랑하는 사람을 보내주셨습니다

인생길
쓸쓸하지 말라고
친구를 맺어주셨습니다

인생살이
춥지 말라고
가족이란 이불을 덮어 주셨습니다

사람은
다른 사람으로 인해서 따뜻해 지는
심장을 가지고 있습니다

참 좋은 인연
나에게 고마운 사람들을
아낌없이 사랑하고 소중하게 아껴주세요

지나간다

인생길 2

인생길 걷다 보면

오르막길도 나오고 구부러진 길도 만납니다
진흙탕길도 나오고 가시밭길도 걷게 됩니다

오르막길은 으쌰으쌰 힘내서 올라가고

구부러진 길은 쉬엄쉬엄 천천히 걸어가고

진흙탕길은 첨벙첨벙 즐기며 걸어가고

가시밭길은 조심조심 부드럽게 걸어가세요

뒤를 돌아보면
흔적도 없이 사라져 버리는 인생길

너무 힘들어하지 말고
웃으며 씩씩하게 걸어가세요

인생 사용법

가진 게 없으면
부지런하기라도 하라

그러면 언젠가는
가진 게 많은 사람이
되어 있다

못 하는 게 많으면
노력이라도 하라

꾸준히 노력하다 보면
어느 날 할 수 있는 게 많은
사람이 되어 있을 것이다

부족한 게 많으면
성실하기라도 하라

계속 성실하다 보면
좋은 결실을 맺게 된다

내 인생은 왜 이럴까
투정 부릴 시간에
멋진 인생을 만드는데
값지게 사용하라

그러면 당신의 인생은
잘 될 수밖에 없다

인생길 걸을 때

비 오는 날이 오면
맑은 날 잘 말리면 돼요

나쁜 일이 생기면
가볍게 잘 넘기면 돼요

넘어질 때가 오면
일어나 걸어가면 돼요

이별이 찾아오면
마음 잘 다독이면 돼요

슬픈 일이 생기면
시원하게 울면 돼요

힘든 날이 있으면
꿋꿋하게 이기면 돼요

실패 할 때가 오거든
하나씩 배워 가면 돼요

아무 걱정 말아요!
그렇게 하루씩
살아가면 돼요

인생에서 해볼 것

미치도록 사랑해 볼 것
그리고 많이 아파 볼 것...

죽을 만큼 노력해 볼 것
그리고 무언가를 얻을 것...

전부를 걸고 도전해 볼 것
그리고 어떤 것을 이룰 것...

많은 것을 느끼고
많은 것을 경험할 것...

그리고 소중한 것들을 찾아낼 것...

인생은 무언가를 배우고 자라나는 거니까

하고 싶은 것 해보고
되고 싶은 것 돼보고
좋아한 것 해 보며 즐겁게 살 것...

먼 훗날
못 해보고 후회하는 일이 없도록
많은 것들을 마음껏 해볼 것...

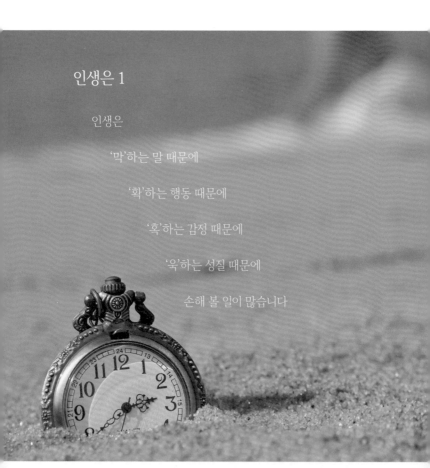

인생은 1

인생은

'막'하는 말 때문에

'확'하는 행동 때문에

'혹'하는 감정 때문에

'욱'하는 성질 때문에

손해 볼 일이 많습니다

인생은 2

인생은 기다리는 법을 배워야 한다

알이 깨어나지 않는다고
조급한 마음에

요리를 해 버리면
병아리를 얻을 수 없게 된다

안 된다고 하지 말고
끈기 있게 노력하며 기다려라

희망이 없다 하지 말고
용기 내서 도전하고 기다려라

포기는 느리게
인내는 길게 가져라

기회가 올 때까지
자신을 단련하고 기다려라

때가 되면 모든 것은 오게 되니까

인생은 3

인생은
어렵다 생각하면
한없이 어렵고

쉽다 생각하면
의외로 쉬워집니다

그냥
단순하게 생각하세요

내 인생은
쉽게 잘 풀린다

모든 것은
순조롭게 이루어진다

그렇게 될 거라 믿고 있으면 돼요
자기 최면을 거는 거지요

그러면
안될 일도 잘 되게 만들어 줍니다

인생은 4

인생은
단거리 경주처럼
조급하게 달려갈 필요도

장거리 마라톤처럼
서둘러서 뛰어갈 필요도 없습니다

누군가에게 뒤쳐지지 않기 위해
발버둥 칠 필요도

누군가를 이기기 위해
안간힘 쓸 필요도 없습니다

자신의 페이스대로
마음 편히 이것저것 구경하며
즐겁게 놀다 가면 되는 것입니다

자신의 보폭대로 천천히 삶을 음미하며
산책하듯 살아가면 되는 것입니다

나만의 빛나는 삶을 살아가면 되는 것입니다

인생은 과정이야

마음이 바빠서 그런 거지
세상이 바쁜 것은 아니야

내가 서둘러가려 하니까
인생이 발맞춰 뛰어가는 거지

시간은 늘 같은 속도로
유유히 흐르고 있는 거야

조금 여유를 가져봐
주변 풍경도 만끽해 보고

조금 느리게 살아봐
삶이 주는 풍요를 누려보렴

마음의 행복을 찾으며
조금 천천히 걸어가도 괜찮아

조금 삶을 즐겨보렴

인생은 속도보다
과정이 아름다워야 하니까

인생은 축제다

삶은
축제이고

인생은
축복인거야

신나게 놀다가
행복하게 살다 가면 되는 거야

많은 욕심으로
아까운 인생을 낭비하지는 마라

부질없는 욕망으로
소중한 인생을 허비하지는 마라

헛된 야망으로
귀중한 인생을 망치지는 마라

축제는 언젠가 끝이 나니까

인생의 의미

인생의 의미를
누군가를 이기고
지는데 두지 마세요

크게 성공하는 것
엄청난 부자가 되는 것

특별한 인생을 사는 것
대단한 사람이 되는 것

그건 그리 중요하지 않습니다

자신의 주어진 삶을
가장 즐겁고
가장 의미 있고
가장 행복하게 살다 갈 수 있다면

자신이 이 세상에 태어난
몫은 하고 가는 겁니다

인연보다

요구하는 인연보다
채워주는 인연으로

불평하는 인연보다
감사하는 인연으로

헐뜯는 인연보다
칭찬하는 인연으로

의심하는 인연보다
믿어주는 인연으로

이기적인 인연보다
배려하는 인연으로

질타하는 인연보다
감싸주는 인연으로

피해주는 인연보다
도움 주는 인연으로

미워하는 인연보다
사랑 주는 인연으로

누군가의 고운 인연이 되어주세요
당신의 삶이 풍요롭고 향기로워질 거예요

자꾸

벽에 부딪히는 것은
어딘가를 향해 가고 있기 때문이야

자꾸 넘어지는 것은
무언가를 찾고 있기 때문이야

자꾸 삐걱되는 것은
얻기 위해 노력하는 중인 거야

자꾸 헤매는 것은
좋은 길을 찾고 있는 중인 거야

자꾸 실패하는 것은
성공을 향해 가고 있는 중인 거야

자꾸 눈물이 나는 것은
크게 웃기 위해 잠시 아파하는 거야

자꾸 힘들어 하는 것은
더 단단하고 튼튼해지고 있는 거야

삶이 조용하면 아무것도 안한다는 거야
넌 지금 아주 잘하고 있는 거야

자신을 믿어 주세요

자신이 자신을 믿어줄 때
무한 능력을 발휘하게 됩니다

난 할 수 있다는 믿음
난 성공 한다는 믿음
난 잘 된다는 믿음을 가지면
그렇게 될 수 있습니다

난 건강하다는 믿음
난 사랑받는다는 믿음
난 행복하다는 믿음을 가지면
그렇게 살 수 있게 됩니다

난 부자라는 믿음
난 행운아라는 믿음
난 축복받았다는 믿음을 가지면
그런 삶이 펼쳐지게 됩니다

자연이 주는 풍요

나무가 있는 숲으로 가면
마음이 평안해집니다

꽃이 있는 꽃길을 걸으면
마음이 즐거워집니다

물이 있는 호수와 바다를 보면
마음이 넓어집니다

아름다운 풍경을 보면 마음이 순해지고
경이로운 자연을 만나면
마음이 착해집니다

둘러보면 아름답지 않은 곳이 없습니다

마음이 빈곤해지지 않게
가끔 자연을 만나러 길을 나서세요

나 자신을 풀어놓고 맘껏 놀다 오세요
삶의 무게들일랑 다 내려놓고 오세요

자연은 엄마 품처럼
그 곳에서 늘 당신을 기다리고 있습니다

잔

잔은
가득 찼을 때 보다

반쯤 차있는 게
더 여유롭지 않은가

그래야
채우기도 좋고
비우기도 좋지 않은가

인생을 다 채우려 하지 마시게
그럴수록 빈곤만 가득 찰뿐이지

욕심만으로 다 채워질 수 없는 게 인생이라네
그럴수록 더 공허함만 커질 뿐이지

조금 비워두고 사는 게
훨씬 더 자유롭고

조금 내려놓고 사는 게
훨씬 더 넉넉하다네

잘 해도

인사만 잘 해도
웬만한 소통은 열리고

웃기만 잘 해도
좋은 인상을 심어준다

친절만 잘 해도
관계의 문이 열리고

배려만 잘 해도
쉽게 마음을 얻는다

이해만 잘 해도
작은 다툼을 피하고

칭찬만 잘 해도
행복을 나눠줄 수 있다

재능

많은 사람들은
재능이 있어도
있는지도 모르며 살아가고

어떤 사람들은
재능을 알면서도 썩히며 살아갑니다

어느 누군가는
재능이 있어도
개발하지 못 하며 살아가고

다른 누군가는
없는 재능도 만들어 사용합니다

우리는
재능이 부족한 게 아니라
노력이 부족해서 이루지 못합니다

절대 긍정

매일 우리는
긍정의 생각과
부정의 생각과 싸우며 살지요

자신의 의지로
부정을 물리쳐야 하는데

의지가 약하면
부정이 이길 때가 많습니다

그로 인해 부정적인 현실들이 펼쳐져
안 좋은 일들이 찾아오고 말지요

어떤 일이 있더라도
긍정을 선택하는 버릇을 들여야 합니다

자신과의 내적인 싸움에서 이겨내야
인생이 긍정이 됩니다

정원

당신 인생의
정원사는 바로 당신입니다

필요 없는 잡초를 뽑아주고
나쁜 벌레를 잡아주어야
멋진 정원이 완성 됩니다

예쁜 꽃을 심고
푸른 나무를 키워내야
아름다운 정원이 만들어집니다

당신이 정성들여 가꾼 인생의 정원에

때가 되면 예쁜 나비가 날아와
행복을 놓고 가고

밤이 되면 고운별이 내려와
축복을 뿌려 주고

시절이 되면 파랑새가 찾아와
행운을 물어다 줍니다

제일

제일 어리석은 사람이
바쁘다는 핑계로
자신의 건강을 외면하는 사람이고

제일 미련한 사람이
어렵다는 이유로
자신의 꿈을 포기하는 사람입니다

제일 불쌍한 사람이
나쁘다는 핑계로
자신의 인생을 불평하는 사람이고

제일 아둔한 사람이
힘들다는 이유로
자신의 행복을 미루는 사람입니다

별로 중요하지도 않은 것들로 인해
정말 중요한 것들을 잃어버리지 말아요

조금 가볍게

너무 잘하려 하지 말아요
그게 다 나를 힘들게 하는 일이더군요

너무 완벽하려 하지 말아요
그게 다 나에게 고통을 주는 일이더군요

너무 앞서가려 하지 말아요
그게 다 나를 괴롭히는 일이더군요

너무 욕심부리려 하지 말아요
그게 다 나를 불행하게 하는 일이더군요

너무 높아지려 하지 말아요
그게 다 나를 어렵게 하는 일이더군요

조금 가볍게 살아가도 나쁠 건 없더군요
조금 내려놓고 살아가도 틀리진 않더군요

조금 더 여유로운 삶을 살아갈 수 있으니
인생이 더 즐거워지더군요

종착지

걸어가든
뛰어가든
종착지는 하나다

뭘 그리 급하게 뛰어가는가

힘들면
쉬어가고
지치거든 앉았다 가시게

천천히 삶을 즐기며 사시게

화내며 사나
웃으며 사나
인생은 한 번 뿐이다

뭘 그리 힘들게 사는가

이래도 웃고
저래도 웃고
즐겁게 웃으며 사시게

한바탕 신나게 놀다 가시게

즐기기

목적지에 눈이 멀면
마음이 조급해진다

현실을 즐기면
목적지에 언젠가는 도착한다

대가를 바라면
일이 힘들어진다

일을 즐기면
대가는 따라온다

목표가 정확하지 않으면
모든 것이 장애물이 된다

과정을 즐기면
모든 것은 놀이가 된다

살아진다 6

희망, 그것은 때때로
당신이 살아가는 이유이기도 하다

지나고 나면

지나고 나면
모든 것은 꽃이 피고

흐르고 나면
모든 일들은 향기가 되더라

보내고 나면
모든 세월이 아름답고

뒤돌아보면
모든 시간들이 의미가 있더라

오늘 걷는 이 길도
언젠가 그리운 향기가 되고

지금 스치는 모든 일도
흐르고 나면 추억이 되더라

먼 훗날
고운 미소 지으며
다시 찾고 싶어지는 날 오더라

진정한 친구는

모두가 다 등을 돌려도
남아서 등을 토닥여 주는 사람이다

남들이 다 헐뜯어도
아니라며 끝까지 믿어주는 사람이다

다른 사람이 돌을 던지면
곁에서 같이 돌을 맞아주는 사람이고

친구가 울고 있을 때면
위로하며 같이 울어주는 사람이다

친구가 넘어질 때면
손을 잡아 일으켜 세워주고

비가 올 때나 눈이 올 때도
같이 길을 걸어가는 사람이다

좋을 때보다
나쁠 때 함께하는 친구가
진정한 친구입니다

착하되

착한 것은 아름답지만
자신을 아프게도 합니다

자신보다 남을 먼저
배려하느라 늘 손해 봐야 하고

나쁜 사람도
이해해 주느라 많이 참아야 하고

불이익을 당해도
속으로 삼키며 견뎌내야 하고

그래서 가끔 착함을 이용당하기도 하고
울 일이 많습니다

너무 착하면 사는 게 힘들어집니다
착하되 바보는 되지 말아야 합니다

천국과 지옥

당신의 마음이
평온하고 행복하면
인생은 천국이 되지만

당신의 마음이
불편하고 불행하면
인생은 지옥이 됩니다

천국과 지옥은
당신의 마음속에 있습니다

천천히 가라

쉬어가라!

하늘을 향해 가는 길
뭐가 그리 바쁜가!

지치면 앉았다 가고
힘들면 잠시 누웠다 가게나

천천히 가라!

한 번뿐인 인생길
뭐가 그리 급한가!

넘어지면 기대가고
고단하면 잠시 숨을 고르게나

즐겁게 가라!

다시 못 올 인생이니
놀 땐 놀고 쉴 땐 쉬며
여유롭게 살아가게나

세상은 그리 바쁘지 않다네
천천히 가도 늦지는 않다네

초심

가끔 잊어버리는데
지금 내가 하고 있는 일은

한때 그토록 원하던 일이었잖아요

좋아서 선택했고
잘 하겠다고 선택했는데

습관처럼 하다보면
소중함도 잃게 되고
불평과 불만이 많아집니다

힘들고 지칠 때마다
처음 그 감정 그 느낌 그 설렘을
한 번씩 떠 올려 보세요

다시 힘이 솟아날 거예요

추억

그땐
별 생각 없이 했던 건데
지나고 나면 추억이 되는 것 같아요

그땐
특별할 것도 없었는데
지나고 나서보면 특별해지는 것 같습니다

모든 일은
시간이 흐르면 추억이 되는 것 같아요

오늘 일들도
세월이 흐르면 추억이 되어 있을 거예요

아픈 추억 보다
좋은 추억으로 남아

꺼내 볼 때마다 행복한 미소 짓게 하는
그런 아름다운 날로 채워가세요

친구

어진 친구는
나에게 지혜를 주고
착한 친구는
나에게 감사를 줍니다

좋은 친구는
나에게 행복을 주고
따뜻한 친구는
나에게 기쁨을 줍니다

똑똑한 친구는
나에게 발전을 주고
진실한 친구는
나에게 마음을 줍니다

나쁜 친구는
나에게 고통을 주고
현명한 친구는
나에게 고마움을 줍니다

당신은 어떤 친구와 동행하시나요
당신이 원하는 친구를 찾으려면
그런 친구가 먼저 되어 주세요

컵

빈 컵에
물을 담으면
물 컵이 되고

술을 담으면
술 컵이 됩니다

당신의
마음속에

꽃을 심으면
꽃밭이 되고

잡초를 심으면
풀밭이 됩니다

향기로운 행복한 삶을 살든가
고달픈 불행한 삶을 살든가는
당신의 선택입니다

불행도
행복도
마음속에 무얼 담느냐에
달려 있습니다

하나

단단한
마음하나 품고 살면
웬만한 일들은
쉽게 넘길 수 있습니다

튼튼한
심장하나 달고 살면
사소한 것들은
가볍게 흘릴 수 있습니다

두둑한
배짱하나 안고 살면
힘든 역경쯤은
거뜬히 이겨낼 수 있습니다

굳건한
희망하나 믿고 살면
무슨 일이든
잘 할 수 있습니다

든든한
용기하나 갖고 살면
어떤 일이든
성공할 수 있습니다

하늘은

하늘은
한쪽 편만 들지 않습니다

당신이
지금 힘든 삶을 살아가고 있다면

아직 당신에게 축복의 순서가
돌아오지 않았기 때문입니다

조금만 더 힘을 내고
조금만 더 용기 내세요

조금만 더 노력하고
조금만 더 인내하고
조금만 더 견뎌내다 보면

언젠가는 당신에게도
행운이 선물처럼 찾아오게 됩니다

하루

하루씩 살아간다는 것은
하루씩 죽어가는 것이다

하루만큼 자라나고
하루만큼 줄어든다

하루만큼 익어가고
하루만큼 늙어간다

하루도 한 달도
인생도 지나고 나면 너무 짧다

오늘 헛되이 보낸 시간이
미래에 후회로 남지 않도록

하루하루를 최선을 다하고
감사하는 마음으로
즐거운 마음으로 살아가자

하루 사용

욕심으로 하루를 살아가면
하루는 늘 부족하고

겸손으로 하루를 살아가면
하루는 고마워집니다

불평으로 하루를 살아가면
하루는 늘 고통이 되고

만족으로 하루를 살아가면
하루는 즐거움이 됩니다

근심으로 하루를 살아가면
하루는 늘 불행이 되고

감사로 하루를 살아가면
하루는 행복이 됩니다

하루는 누구에게나
똑같은 시간을 주지만

사용하는 사람에 따라 달라집니다

하루를 산다는 건

하루를 산다는 건
하루만큼 세상과 작별해 가는 것

사탕 상자 안에 있는 사탕을
하나씩 두 개씩 꺼내 먹다 보면
어느 날 하나도 남아있지 않게 되는 것처럼

인생도 하루하루 살아가다 보면
언젠간 더 살아야 할 하루가 오지 않게 되는 것

아끼지 말고 즐겁게 살아야한다
헛으로 살지 말고 값지게 살아야 한다

울지 말고 웃으며 살아야한다
화내지 말고 기쁘게 살아야한다
힘들어하지 말고 행복하게 살아야 한다

하루라는 선물이 오지 않는 날이 올테니

하루의 기회

하루의 해가 밝아 온다는 건
하루의 기회가 주어졌다는 뜻이다

기회는 매일 찾아오지만
기회인지도 모르고 지나갈 때가 많다

하루를 생각 없이 헛되이 보내게 되면
좋은 기회를 놓치는 것이 된다

하루의 해가 진다는 건
하루만큼의 경험을 쌓는 일이다

좋은 경험이든 나쁜 경험이든 씨앗을 남겨준다
그 경험을 바탕으로 내일의 좋은 삶을 만들어가야 한다

최선을 다해 살다보면
언젠간 멋진 삶과 만나게 될 것이다

한 방울

한 방울의 물이

시들어 가는
화초를 살릴 수 있듯

따뜻한 말 한마디
격려의 말 한마디

위로의 말 한마디
응원의 말 한마디가

쓰러져 가는 한 사람을
일으켜 세워줄 수 있습니다

한 순간

잘 나갈 땐
계속 잘 나갈 것 같지만

한순간에
무너지는 날이 오게 되고

못 나갈 땐
끝이 없을 것 같지만

어느 날
좋은 날이 찾아오기도 합니다

영원할 것 같지만
모든 것은 그저 한순간 일 뿐입니다

그러니
좋은 일에도
나쁜 일에도 연연해 할 건 없습니다

때가 되면 오고 가는 것
그게 세상의 순환 과정이니까요

한계

살아가다 보면
한계에 부딪히는 날 많습니다

한계는 계단입니다

극복하고
한 계단 올라서면
더 이상 한계가 될 수 없고

좌절하고 그 계단에 멈춰있으면
거기까지가 자신의 한계가 됩니다

한계는 자신이 주저앉은 그 자리
노력과 희망을 놓아버린 그 자리입니다

한계는
자신이 만들어 놓은 기준이며
넘지 못한 장애물 입니다

그 기준을 무너뜨릴 때
용기 내 한 발짝만 더 올라설 때
성공할 수 있게 됩니다

해보면

높아 보이던 산도
막상 오르고 나면 별개 아니야

어려워 보이던 일도
막상 해 보면 별개 아니야

못 할 것 같던 일도
용기내서 해 보면 잘 하게 되는 거야

시작이 두려워서 그렇지
막상 부딪혀 보면
의외로 쉬운 일들이 많더라 구

행동

원하는 곳으로 데려다주는 건
생각이 아니라 행동입니다

바람을 만나기 위해서는
밖으로 나가야 합니다

바다가 보고 싶으면 바다로 찾아가야 하고
산을 보기 위해서는 산을 올라가야 합니다

백 번 생각만 하는 것보다
한 번 움직이는 것만 못합니다

행동하기

악기는 연주를 해야
아름다운 소리가 납니다

아무리 좋은 악기도
내버려두면 하나의 물건에 지나지 않습니다

씨앗은 땅에 심어야
아름다운 꽃이 피고 좋은 열매가 열린다

아무리 귀한 씨앗이라도
심지 않으면 하나의 낟알일 뿐입니다

사람이 아무리 좋은 생각을 하고 있고
아무리 좋은 계획을 세우고 있어도

행동으로 옮기지 않으면
하나의 망상이 되고 맙니다

행복을 미루지 마렴

인생의 목표를
잘 사는데 두지 말고
행복하게 사는 것에 두어라

인생은 생각보다 짧다

잘 살기위해 발버둥치는 사이에
늙고 병들어 가고 만다

행복을 찾아다니다가
결국 행복을 만져보지도 못하고 떠나가고 만다

행복을 미루지 마라
순간에 즐기고 순간에 누려라

하루하루를 행복한 시간들로 채워가라
그래야 먼 훗날 후회로 남지 않게 된다

행복 찾기

가장 평온한 삶은
자신에게 주어진
하루하루를 즐기는 삶이다

마음에 들지 않는
날일지라도

그 안에서
감사를 찾아내고
기쁨을 찾아내고

아름다움을 찾아내고
행복을 찾아 누릴 수 있어야 한다

주어진 삶 외에
또 다른 무언가를 원할 때

불평이 생겨나고
번뇌가 늘어나고
고뇌가 시작된다

행복을 주는 사람

오늘 당신의
밝은 미소와 친절은
누군가에게 기쁨이 될 것입니다

오늘 당신의
따뜻한 말 한마디는
누군가의 가슴을 포근히 안아 줄 것입니다

오늘 당신이
베풀어 준 배려는
누군가의 마음에 감사로 남게 될 것입니다

오늘 당신이
건네 준 따뜻한 손길은
누군가에게 밝은 빛이 되어 줄 것입니다

오늘 당신이
나누어 준 사랑은

누군가의 삶 속에 꽃으로 피어나
향기로 남게 될 것입니다

당신은 행복을 주는 사람입니다

행복해지려면

행복해지기
위해서는 채우기보다
버려야 할 것들이 많습니다

행복은
많은 것을 가졌다고 해서
누릴 수 있게 되는 것이 아닙니다

자신의 마음에
평안과 안정을 찾을 때
감사와 기쁨이 넘칠 때

욕심 없는 마음으로 살아갈 때
비로소 느낄 수 있게 됩니다

마음이 겸손해질 때
작은 기쁨에도
소소한 즐거움에도

커다란 행복을 맛보게 됩니다

행운

행운은
한 사람에게만

오래도록
머물러 있지 않는 거야

바람처럼
돌고 돌다가

구름처럼
떠돌고 떠돌다가

어느 날
선물처럼 당신에게 찾아올 테니

지금
조금 힘들더라도

활짝 웃고 살아가렴

희로애락

사는 방법은 다르지만
사는 모습은 비슷하다

누구의 삶이든
희로애락은 다 있는 것이다

아무리 좋아 보이는 사람에게도
걱정과 근심은 하나씩 있다

힘들 땐 나만 힘든 것 같겠지만 그렇지 않다
내 삶이 조금 무겁게 느껴지는 것뿐
그들의 삶도 가볍지 만은 않은 것이다

내가 행복할 땐 타인의 삶이
눈에 보이지 않지만

내가 힘들어질 땐
타인의 삶을 볼 수 있게 되는 것이다

그래서 신은 교만해지지 말라고
가끔씩 시련을 통해 가르치신다

향기나는 사람이 좋더라

하나밖에 없는데도 나눌 줄 아는 사람

나 혼자가 아닌 더불어 사는 삶을 사는 사람

내가 먼저가 아닌 남을 배려할 줄 아는 사람

작은 실수도 웃으며 이해할 줄 아는 사람

어디서든 겸손할 줄 아는 사람

힘들어하는 누군가의 손을 잡아줄 줄 아는 사람

말 한마디라도 기분 좋게 할 줄 아는 사람

궂은일도 망설임 없이 두 팔 걷고 할 줄 아는 사람

그런 사람은 향기가 나더라

꽃의 향기는 사람의 얼굴을 미소 짓게 하지만

사람의 향기는 사람의 마음을 웃게 하더라

희망으로

힘이 들 땐
'이런 것쯤이야' 하며 이겨내자

어려울 땐
'별것 아니다' 생각하며 힘을내자

잘 안될 땐
'할 수 있다' 다짐하며 용기내자

막막할 땐
'다 잘된다' 믿으며 견뎌내자

괴로울 땐
'좋은 날도 온다' 기대하며 넘기자

울고 싶을 땐
'다 지나간다' 다독이며 참아내자

삶이 무거울 땐
조금만 내려놓고 잠시 쉬어가자

행복이 올 거라는 희망으로 살아가자

희망을 가져라

오늘 하루 많이 힘들었는가!
걱정하지 마라
내일은 좋은 날이 오리니

오늘도 울고 싶은 날이었는가!
힘들어 마라
내일은 웃는 날이 될 테니

삶이 당신을 괴롭히는가!
흔들리지 마라
멋진 날을 향해 가고 있으니

인생이 당신을 어렵게 하는가!
약해지지 마라
언젠가는 기쁜 날이 올 테니

세상일이 만만치가 않던가!
두려워하지 마라
어차피 다 잘 될 테니

토닥토닥 희망을 가져라
희망보다 더 강력한 힘은 없으니

희망을 향해

살아온 날보다 살아갈 날이 소중하기에
오늘도 웃으며 살아가자

지나간 시간보다 다가올 시간이 특별하기에
오늘도 즐겁게 살아가자

흘러간 시절보다 찾아올 시절이 더 아름답기에
오늘도 행복하게 살아가자

가끔 힘든 일을 만나거나
어려운 일을 만나게 되더라도

어차피 성공을 향해 가고 있는 중이니까
기꺼이 이겨내자

가슴속에 등불 하나 밝혀놓고
오늘도 희망을 향해 웃으며 걸어가자

마음속에 행복을 가득 채워두고
지칠 때나 흔들릴 때 하나씩 꺼내 사용하자

때론 삶이 괴롭히더라도
꿋꿋하게 잘 이겨내면 된다

결국은 다 잘 될 테니
아무 걱정하지 않아도 된다

힘내

괜찮아 힘을 내
넌 잘 할 수 있을 거야

두려워마
다 잘 될 테니까

좀 늦으면 어때
꼭 앞설 필요는 없잖아

조금씩 천천히 하나씩 하다보면
훌쩍 커버린 너를 만나게 될 거야

뒤를 돌아봐
이만큼 걸어왔잖아

조금만 더 힘을 내
너라면 잘 할 수 있을거야

넌 항상 응원해 줄게

희망, 그것은 때때로 당신이 살아가는 이유이다

힘들 땐 쉬어가

한 박자 쉬어가도 괜찮아

아등바등 사는 게
꼭 정답은 아니더군

빈틈없이 산다는 게
꼭 잘 사는 방법은 아니더군

가끔 쉬어간다고
인생이 망가지는 것은 아니더군

힘들면 잠시 쉬어가
지치면 잠시 앉아가

더 높은 비상을 위해
몸을 잠시 충전하는 것도 괜찮아

지나간다 다 지나간다 2
살다보면 다 살아진다

초판 1쇄 발행 l 2021년 1월 8일
초판 2쇄 발행 l 2024년 9월 1일

지은이   유지나
펴낸이   안호헌
아트디렉터   윌리스

펴낸곳   도서출판 흔들의자
                 출판등록   2011. 10. 14(제311-2011-52호)
                 주소   서울 서초구 동산로14길 46-14. 202호
                 전화   (02)387-2175
                 팩스   (02)387-2176
                 이메일   rcpbooks@daum.net(원고 투고)
                 블로그   http://blog.naver.com/rcpbooks

ISBN 979-11-86787-32-8 03800
ⓒ 유지나